1LDK 一房兩廳三人行 2JK

～三個結局，即為四人的未來～

「駒村先生，請站中間。」
「咦咦！」
「嗯，這樣拍起來比較好看。」
日後我肯定會不時拿收在錢包的大頭貼出來看，回憶起今天發生的種種吧——

如果我和
奏音、陽葵同年──
我從來沒想過這種事，
所以稍微受到了衝擊。
如果我在高中遇見兩人，
會過著與現在截然不同的生活嗎？
……唉，坦白講，實在說不準。
就算和奏音是表兄妹，
在學校也可能一句話也說不上。
陽葵也是，和我應該不會有交集吧。

陽葵
和奏音一起住在駒村家生活的女高中生。與舊識重逢後，決心面對成為插畫家的夢想與逐夢的艱難。
倉知奏音
女高中生，本作主角27歲上班族駒村和輝的表妹。與不知去向的母親重逢，正眼面對心中糾葛的想法。

以曆法來看似乎已經是秋天，
不過八月中的白天依舊酷熱。
奏音和陽葵
盡可能走在陰影處，
前往車站。
兩人沉默了好半晌，
炎熱的天氣可能也是原因之一。

一房兩廳三人行

1LDK

~三個結局，即為四人的未來~

4

福山陽士

插畫／シソ

Kadokawa Fantastic Novels

彩頁、內文插畫／シソ

第1話 決心與女高中生 008
第2話 回想與女高中生 020
第3話 真心話與女高中生 035
第4話 晚餐與女高中生 058
第5話 領帶與女高中生 070
第6話 焦躁與我 086
第7話 回憶的場所與女高中生 102
第8話 離職與女高中生 129
第9話 最後的假日與女高中生 151
第10話 離別與女高中生 177
第11話 無人的房間與我 199
尾聲 也許會到來的未來 1 218
尾聲 也許會到來的未來 2 222
尾聲 也許會到來的未來 3 227
後記 233

第1話　決心與女高中生

與阿姨談過之後，我說「我上一下洗手間」而走出客廳，過了幾分鐘。

上完廁所後，我沒有馬上回到客廳，而是靠向玄關前的走廊牆壁。

因為我實在提不起勁再度走進那無可奈何的氣氛中。我想在這裡再多休息一下。

我走向廁所的時候，老爸與我交換般走進客廳。

話雖如此，沒有說話聲從客廳傳來。老爸似乎並沒有和阿姨交談。

我聽見了打開冰箱的聲音，老爸大概是要拿寶特瓶裝的茶給阿姨喝吧。

我從口袋取出智慧型手機，看向螢幕。

「奏音好慢啊……」

我忍不住嘀咕。

我好一段時間前就已經聯絡奏音了。

那時沒有打電話，但奏音以訊息回覆我「馬上過去」，照理來想現在應該正在趕往這邊的路上吧——

也許人正擠在傍晚尖峰時段的車廂？
我好一段時間凝視著遲遲不開啟的玄關大門。

※　※　※

奏音站在陽葵前方，筆直注視眼前這位突然現身且自稱「陽葵的朋友」的女性。
女性綁著馬尾，年紀看起來比奏音大，但臉上沒有化妝，打扮也非常樸素。
她的站姿毫無破綻，有股凜然的氣質。
姿勢端正到令人懷疑背部是不是插了一根長棒，再加上那雙細長的眼眸所醞釀出的氣氛，奏音心中其實非常害怕。
但是她想起陽葵就在自己背後，立刻振奮精神。
『是我叫她來我家住的。』
奏音如此開口之後，女性保持沉默。
更貼切的說法也許是一時之間說不出話。
「妳的……意思是……？」
女性的視線在低著頭的陽葵和奏音之間來回，最後終於發出沙啞的聲音。

「就是我說的意思。」

奏音以平淡的語氣簡短回答。

為了避免感情被對方看穿。

如果話說得太長，說話聲肯定會顫抖。

為了保護和輝與陽葵，奏音情急之下撒了謊，不希望兩人受到責怪。

話雖如此，這並非完全是謊言。

起初就是因為奏音挽留陽葵，才開啟了這段三人的同居生活——

單就這個部分，這是千真萬確的事實。

「所以說——櫻花正在妳府上叨擾？」

因為對方口中說出陌生的人名，讓奏音無法立刻反應。

儘管腦袋知道那是陽葵的本名，還是有種不對勁的感覺。

不過，現在不是針對陽葵的名字討論的時候。

「……是的。」

奏音承認後，女性稍微蹙起眉頭。

「妳們是怎麼認識的……？我猜應該是網路……？」

「是……是沒錯。是的。」

「…………」

女性對奏音投出仔細打量般的視線。

難道謊言被她識破了？

奏音緊張到身子幾乎要顫抖，但勉強忍住。

「把網路上認識的人叫到家裡…………我覺得……不太好……」

女性像是挑選著用詞般緩緩地繼續說道。

「是不好，我也知道。但是……陽葵真的認真到必須去做這種不好的事。」

「…………」

奏音這句話一出，可以聽見後方的陽葵倒抽一口氣的聲音。

女性也因此語塞。

奏音的回答並沒有事先與陽葵討論過。但是，奏音認為陽葵一定能理解她的真正用意。

沉默在三人之間徘徊幾秒。

突然間，陽葵輕輕拉扯奏音的衣角。

「嗯？」

轉頭一看，陽葵神情不安地看著斜上方。

奏音也跟著將視線投向那裡。

陽葵正注視著掛在車站前的時鐘。

「小奏……時間……」

確認當下時刻的瞬間，奏音的心臟猛然收緊。

離開公寓之後，已經過了相當久的時間。

差點忘了——

追根究柢，為何自己現在會來到車站？

是為了去見現在似乎來到和輝老家的母親。

「小奏，要快點才行。」

「我知道。可是——」

在這樣的狀況下，唯獨自己先離開真的好嗎？

對陽葵的友人而言，這應該是無法允許的行動。

就算說明了自己的狀況，和這位女性也毫無瓜葛。

儘管如此——

「我沒事的。」

「陽葵………」

奏音的不安似乎顯露在臉上了。陽葵像要讓奏音放心，微笑後又說了一次「沒事的」。

「所以小奏，妳快去。」

陽葵溫柔又堅定的眼神，奏音過去已經見過好幾次。

不安並未因此完全消除。

但是奏音的迷惘消失了。

現在自己該採取的行動已經確定了。

「那個，陽葵……我在媽媽離家之後，有件事感受很深。儘管彼此是一家人，『不說出口就無法傳達』。所以陽葵……要加油喔。」

說不定這就是最後一次交談了。

這樣的想法掠過心頭。

不安與悲傷持續膨脹，壓得胸口很難受。

感覺到眼淚已經滲出眼眶。

儘管如此，奏音還是選擇了離開。

「……………嗯，我知道了……小奏也要加油喔。」

兩人短短一瞬間緊握彼此的手，其中注入了對彼此的聲援。

陽葵的手感覺很暖和。

奏音覺得自己好像真的要哭出來了，甚至沒辦法看向陽葵的臉。

於是奏音從傘下衝了出去，朝著車站奔跑。

「啊！等等——」

美實連忙朝著奏音在雨中奔跑離去的背影伸出手想追趕。

還有太多問題想對她問清楚。

不能放過這個機會。

「美實姊。」

陽葵阻擋在她面前。

站姿就有如劍道比賽上場時那般凜然。

「拜託妳了，請讓她去吧。小奏現在有非常重要的事情要辦！」

「可是！不找她問清楚的話——！」

自從陽葵離家出走，已經過了大約三個月。

美實想必有很多話想問奏音，這點陽葵當然也非常能理解。

就算這樣，現在一定要讓奏音離開。

「不用擔心，我不會逃走。」

她的神情和第一次看到美實時已截然不同。

見陽葵語氣堅定地這麼說，美實頓時屏息。

「……我不會再逃走了。」

掉落在兩人之間的雨滴越來越大。

在算得上擁擠的電車車廂。

奏音愣愣地看著映照於車窗上的自己。

陽葵的去向同樣很讓她在意。

不過現在思緒已經轉向接下來即將見面的母親。

（為什麼這麼突然地回來了？）

奏音試著思索，但毫無頭緒。

況且她連母親離家的理由都不曉得。

像是襲擊和輝家的那位村雲，母親也不曾提及他的存在。話雖如此，母親唯一一次回應她的訊息，只有園遊會那天而已。

訊息中寫著「有點累了」，也許還有其他理由。

奏音發現自己對理由毫無頭緒，因而感到哀傷。

母親總是十分忙碌。

下班回到家之後，連休息的空間都沒有便忙著做家事，稍微睡一下後又出門工作，像這樣日復一日。

所以奏音會萌生想幫忙母親的念頭也許是非常自然的。

自己到底是從何時開始這樣想的呢——雖然沒有明確的記憶，印象中是在國小低年級的時候湧現了強烈的念頭。

小時候的某一天。

奏音看到洗好的衣物凌亂地擺在地上，她便嘗試折衣服，當時母親開心得不得了。

雖然已經記不清楚了，因為是小學生的折法，想必算不上整齊漂亮吧。

儘管如此，母親的喜色讓奏音非常開心，從這一天起她便積極幫母親做家事。

奏音的母親做菜時，總是會一邊看書一邊做。

現在回想起來，母親大概不太擅長做料理吧。

升上國小三年級的某一天。

從學校回到家，沒來由地隨手翻閱那本食譜後，奏音的料理生活就此開始。

書中出現了很多還沒學過的漢字，但因為附有許多照片，她馬上就理解了做法。
奏音親手做的第一道菜是炒飯。
奏音記得很清楚，因為沒有材料中寫的青蔥，那次炒飯沒放蔥。
明明除了放蔥之外一切都按照食譜，卻做出一道不太鬆散的炒飯，讓奏音大為失望。
不過母親下班回家後，大肆稱讚炒飯的模樣連奏音都覺得誇張，而且吃得津津有味。
（因為知道媽媽那時候是發自內心覺得高興，我才會——）
電車急煞後停下，奏音頓時抽回思緒。
不知不覺間已經抵達目的地車站。
順著擠往車廂門的人流，奏音也下了電車。

奏音來到和輝家，這是今年以來的第二次。
第一次是母親離家出走後不久。
懷抱著一絲「媽媽也許會在這裡」的期望造訪此處，當時的事情記憶猶新。
因為要和平常幾乎沒見面的親戚相見，真的非常緊張。
而第二次就是現在——
和那時相比，現在還更加緊張。

心臟加速跳動的聲音在耳畔迴盪。

和第一次不同的是，現在和輝與母親就在這個家。

奏音來到玄關前方，首先用力深呼吸一次。

之後她下定決心，按下門鈴。

在對講機傳出人聲前，門馬上就開了。

站在那裡的是和輝。

「……等妳好久了。」

「抱歉。來得有點晚……」

奏音這麼說，和輝便沉沉地點頭，挪動視線示意家中方向。

意思就是母親在家裡吧。

把淋濕的傘放進傘架，奏音小聲說「打擾了」之後走進家裡。

——就在這時，和輝把手輕輕擺到奏音頭上。

「——！」

奏音頓時反射性回憶起在自家公寓哭泣的那天。

『儘管彼此是一家人，「不說出口就無法傳達」。』

臨別時對陽葵說的那句話，同時也是在和輝懷裡哭泣的那一天，奏音心中萌生的想法。

雖然當時的和輝不需言語就理解了奏音的心情——

不說出口就無法傳達的例子終究還是壓倒性地多。

「……要怎麼辦？」

和輝這個問題指的大概是：「自己也在場會比較好嗎？」

「總之先我們兩個談就好了。」

奏音毫不躊躇地回答。

「嗯……好吧。」

和輝再次溫柔地輕拍奏音的頭。

剛才明明是那麼緊張，現在奏音覺得自己的心臟取回了幾分鎮定。

儘管面對這般狀況，感覺到和輝手掌的溫度還是讓她不由得欣喜。

（不用怕，我還有和哥。沒事的——）

自己不是孤單一人。

光是有和輝在，就這麼讓人安心。

在和輝的守候下，奏音推開了母親所在的客廳的門。

※　※　※

第2話　回想與女高中生

※　※　※

陽葵和美實移動到位於車站前的家庭餐廳。

兩人面對面坐在餐桌旁，打工的年輕店員在兩人之間擺上了水。

「如果兩位決定好要點什麼，請按鈴叫我來。」

店員離開了桌旁，但好一段時間兩人一動也不動，只是默默地坐在位子上。

雖然是陽葵提議從車站前移動到這裡，這段時間也沒和美實說上幾句話。

「那個……要不要先點些東西？」

陽葵無法承受這樣的氣氛，語氣畏縮地向美實提議。

美實先是環顧四周，隨後點頭答應。

點完餐後，沉默再度造訪兩人之間。

氣氛就像兩人正在靜候挑起話題的時機。

就像劍道比賽時，估測彼此距離的感覺。

首先踏進那個範圍的是美實。

「那個……雖然有很多事想問……重點還是妳沒事，真是太好了……」

「啊……」

見到美實面露發自內心的安心表情，陽葵為之語塞。

女高中生離家出走——

聽見這字眼，一般人馬上會浮現的念頭應該就是：「人還平安嗎？」

經過了好一段時間的當下，陽葵對此也深切反省。

和輝也說過，自己真的只是運氣比較好。

雖然這幾個月沒看到相關新聞，女孩離家出走後成為犧牲者的案例並不稀奇。

「讓妳擔心，真的很對不起……」

「嗯……」

陽葵覺得心痛。

不過這幾個月來美實的心痛肯定遠在自己之上吧。

而且——父母肯定也是。

「所以，剛才那個女生講的……都是真的？」

陽葵無法立刻回答。

奏音剛才對美實說的是「在網路上認識，現在住在一起」。

奏音沒有告知真相的原因，陽葵也立刻就理解了。

是為了隱瞞和輝的存在。

同時也是為了誘使美實認為陽葵會這麼久沒回家，奏音也是原因之一。

（小奏……明明一切都是我的錯……）

陽葵也想說那不是奏音的錯。

但是她想徹底隱瞞和輝的存在。

過去陽葵已經受過和輝太多幫助。

在電車上被他搭救。

讓身分不明的自己住進家裡。

幫忙讓自己有地方能打工。

特別是他對自己說可以買繪圖板的當下，那份喜悅實在無法以筆墨形容。

陽葵真心感謝和輝。

也覺得這份恩情非報答不可。

然而和輝的所作所為在法律上會被論罪。

那讓陽葵十分焦躁，也難以接受。

自己明明得到了救贖，但因為和輝是成人，就會成為罪犯。

正因如此，陽葵雖然覺得對奏音愧疚，還是決定配合她的謊言。

「是的……現在住在她家。」

「剛才……櫻花妳叫那個女生……『小奏』對吧……那就是那女生的名字……？」

美實緩緩地問道。

美實一直以來都不擅長與人交談。

儘管站在劍道場上的模樣看起來強悍得判若兩人。

陽葵等美實把話說完，才回答她「是的」。

「……然後呢？那個小奏的父母呢？該不會……父母親都接受？」

因為奏音還沒成年，這是理所當然的疑問吧。

不過，奏音的家庭並不「一般」。

「其實小奏家只有她和母親……而母親在幾個月前就離家出走一直沒回來。不過剛才接到聯絡說人回來了——」

聽了陽葵的說明，美實的瞳孔放大。

「這樣啊……所以剛才……才會那麼急……」

陽葵點頭後，美實皺起眉頭，伸手扶額。

「原來如此……看來我在這個重大時刻……找到了櫻花啊……」

「事情就是這樣……」

「話說剛才小奏她……好像用其他名字稱呼妳……」

「是的，那是假名。因為我想盡可能降低被找到的可能性。」

「………」

「那個，美實姊，今天……」

陽葵先是壓低視線，之後下定決心抬起臉。

「今天，妳打算帶我回家嗎？」

「嗯……我平常找妳的時候……都是這樣想的……」

理所當然的回答。

儘管如此，陽葵還是感到幾分心慌。

「那個——爸爸和媽媽——」

話說到這裡，陽葵有點後悔了。

如果現在知道答案，也許自己的決心會因此受挫。

就算這樣，這問題一直掛在心上也是事實——

「他們……都很擔心。雖然嘴上沒有提起妳……兩人很明顯變憔悴不少……」

「這樣啊……」

兩人的身影浮現腦海，胸口傳來刺痛。

但是，陽葵立刻改變想法。

父母的擔心肯定是事實吧。

但是陽葵還是不由得起疑。

兩人真的是發自內心為自己擔憂嗎？

「擔心劍道場的口碑會變差」這樣的理由，是不是或多或少參雜其中？

在兩人眼中，自己真的被視作一個人嗎——一想到這裡，「當時」的憤怒與絕望再度湧現心頭，陽葵暫且放棄繼續思考。

她抽回意識，輕輕吐氣後繼續說：

「美實姊，我今天不會回去。」

「咦——」

「我一定會回家。但是今天——不對，請讓我在這裡再多待一段時間，拜託了。」

「……為什麼？」

「我現在正在打工，不能給店裡的人帶來麻煩。」

「櫻花……在打工…………」

美實睜圓了眼睛。

大概是對於原本不諳世事的陽葵的改變感到訝異吧。

「八月中旬我絕對會回去。」

「……」

「拜託了。要說服爸爸和媽媽，我覺得只有用自己的錢來證明我有多認真。所以在那之前請當作沒找到我，拜託！」

「…………」

見到陽葵深深低頭，美實不知所措。

陽葵就這麼低著頭，等美實開口。

『放學之後就要馬上回家。』

一上小學，母親便如此叮嚀陽葵。

一直到國小四年級中途，陽葵對此從未懷抱疑問，只是遵守著母親這句話。每天放學後就馬上回家，勤於練習劍道。

轉捩點在四年級的十二月上旬到來。

班上女生聚集起來，邀請她「來參加聖誕派對吧」。

她們似乎計劃好在比聖誕節早一個星期的星期六，大家聚在一起交換禮物和玩耍。

這是第一次有人邀請陽葵參加聖誕派對。

豈止如此，一直到國小四年級，這是第一次有同學邀陽葵一起玩。

同班同學也知道陽葵家開劍道場，因此沒有人會挽留平常放學後立刻回家的陽葵。

低年級時曾有幾次同學找她一起去玩，但因為每次都拒絕，不知從何時起，再也沒人來邀她了。

話雖如此，在學校也並未被人刻意忽視或是遭受不愉快的對待。

當話題拋到自己身上，她也會回答。陽葵不曾覺得自己特別受到同學厭惡。

不過，見到朋友們約好下課後出去玩，心裡有些羨慕也是事實。

就在這時，陽葵接到了邀約。

而且這並非單純放學後出去玩，而是特別的活動。

當時的興奮，陽葵至今仍然清楚記得。

『我問問看媽媽。』雖然陽葵對找她的女生這麼說，心裡已經打定主意要參加。

要買什麼禮物比較好？要穿什麼衣服去參加？回家路上她左思右想。

但是這份興奮，一回到家便被澆熄。

『那天不是要練習嗎?隔天就要比賽喔，比賽前的重要日子不可以出去玩。』

母親二話不說就否決。

母親說的話她也明白。

儘管如此，陽葵第一次嘗試提議。

『聖誕派對是中午到傍晚，練習可以改到晚上。』

但是她的提議也立刻被打回票。

『這樣疲勞會累積啊。更重要的是，要是去同學家的路上受傷了該怎麼辦?』

陽葵無法再多反駁些什麼。

但是她第一次對父母說的話萌生了反感。

她喜歡劍道，比賽也很重要。

不過那是如此壓抑她想玩耍的心情也非做不可的事情嗎?

隔天，陽葵歉疚地回絕了同學的邀約，同學們見狀大概也理解了狀況，在這之後再也沒有人在陽葵面前提起聖誕派對的話題。

在聖誕派對當天夜裡。

陽葵結束練習之後就立刻回到房間，為了拋開現實而沉浸於閱讀漫畫。

大家今天互相交換了什麼樣的禮物?

是不是吃了蛋糕和點心？

玩了什麼樣的遊戲？

因為思緒隨時都會飄向聖誕派對，她比平常更集中精神看漫畫。

只有故事中的世界接納了陽葵紛亂的心情。

至於外出受到限制的陽葵為何持有漫畫，理由和劍道比賽有關。

比賽結束後，白虎院家一定會外食。在這之後順道去逛回家路上的書店，這是一家人的習慣。

陽葵的父母都有閱讀的習慣。

規則是可以買自己喜歡的五本書，陽葵每次都要求買漫畫。

然而這些漫畫現在第一次點燃了「不能想買就買」的不滿的火種。

自年初開始，以前每次練習都到場的陽葵漸漸開始以身體不舒服為由，越來越少參加練習。

當然父母也想讓陽葵繼續練習。

父親也曾嚴厲訓話，但是那只造成反效果。

陽葵慢慢對父母封閉了心扉。

她依舊遵守放學後馬上回家的囑咐，不會出門去玩。

但是參加練習的頻率越來越低，陽葵一直把自己關在房間裡。

反覆閱讀已經讀過好幾次的漫畫，深深沉浸於故事的世界。

父母買筆記型電腦給陽葵，是在她升上國小五年級後不久的事。

陽葵不知道父母為何要買筆記型電腦給她，理由至今仍然不明，也許是對漸漸改變的陽葵產生了危機感吧。

雖然父母規定一天只能使用電腦一個小時，但是對陽葵而言，那是她聯繫廣闊世界的重要工具。

當陽葵搜尋她喜歡的漫畫，搜尋結果便出現了漫畫的粉絲們畫的無數插畫，讓她興奮不已。

在那之中，有張插畫特別吸引她的視線。

那是由纖細又緻密的線條所構成，非常美麗的插畫。

陽葵第一眼就喜歡上，看遍了那位作者的所有作品──

於是她遇見了。

『這是過去出版的原創同人誌。因為沒有計劃再版，決定在此公開。』

那篇漫畫的概要欄中如此說明。

讀完之後，衝擊之大甚至讓陽葵好一段時間腦袋一片空白。

她已經被作品的世界觀與角色深深吸引了。

同時她也萌生強烈的念頭：「自己也想畫畫看。」

想要像這個人一樣，創作萬分美麗的插畫。

也想要自己畫漫畫。

那股衝動轉瞬間傳遍全身上下——

「……櫻花。」

聽見美實的說話聲，陽葵頓時從她沉浸的記憶世界中驚醒。

「嗯。」

「老師們想讓妳繼續練劍道的心情，我也能明白……要讓妳的才華就這樣湮滅……真的很可惜……可是妳想做喜歡的事情，這種心情我也懂……要是有誰從我這邊搶走劍道，我會很傷心，一定也會對那個人非常生氣……」

「美實姊……」

陽葵認為美實肯定站在父母那一邊，因此這句話讓陽葵十分意外。

不過仔細回想，陽葵唯一聊過插畫和漫畫的對象就是美實。

美實想必沒什麼興趣，但她總是誠摯地聽陽葵說話，從來不曾批評。

一想到被夾在自己與父母之間的美實的立場，陽葵的胸口便緊緊揪起。

「對不起。讓美實姊受苦了……」

美實搖頭。

「妳已經答應會回家……所以我也會相信這句話。」

「妳的意思是——」

「今天在這裡遇見妳……這件事我不會告訴兩位老師……況且我本來就不是受老師所託，只是自己跑來找人……」

「…………！真的很謝謝美實姊！」

陽葵再次深深低頭。

看到美實的身影時，陽葵還以為今天就是與和輝跟奏音告別的日子。

以為當下的生活就此告終了。

以為無法迎接自己心中描繪的結局。

不過，知道自己能按照之前決定的計畫度過剩餘的日子，讓陽葵發自內心鬆了口氣。

「是美實姊來找我，真是太好了……」

「看來妳離家出走之後……過了一段充實的日子啊……」

美實這句話讓陽葵一瞬間感到吃驚，但立刻就露出微笑。

「是的，很開心又很溫暖——是一段很棒的日子。」

陽葵說完，美實有點寂寞地笑了。

※　※　※

當奏音走進客廳，這回老爸便與她交換般走出客廳。

不知是因為走廊照明較暗還是因為擔憂，老爸的黑眼圈看起來比剛才更深了。

「奏音她來了啊。」

老爸小聲說著，走向我身邊。

和老爸並肩站在玄關前的走廊上等候，當然是我第一次的經驗。

感覺有點——不，非常靜不下心。

是不是該聊些什麼比較好？

不過也沒什麼話題。

媽媽出院的時間，之前已經問過了啊……

「像這樣在走廊上等，就會想起和輝誕生的那一天。」

「咦……？」

老爸突如其來的這句話讓我頓時發出傻氣的聲音。

老爸看著我的臉，露出惡作劇般的表情繼續說：

「被你媽趕出來的。」

「…………啥？」

轉折太突兀了，我無法理解。

老爸露出懷念的表情注視著半空，我決定先等老爸說下去。

「當時我陪產，一直到途中我都陪在你媽媽旁邊。」

「是喔。」

「陣痛的間隔越來越短，你媽媽喊痛的樣子真的很痛苦。我什麼忙也幫不上，覺得自己很不中用。為了盡可能有些貢獻，我問你媽有沒有什麼事要我幫忙。你媽媽就轉向旁邊，跟我說『幫我按摩腰』。我當然就幫忙按摩，拚了老命。結果你知道你媽媽怎麼說嗎？」

雖然是問句，老爸應該壓根兒沒期待我回答吧。

我稍微歪過頭，老爸立刻回答：

「『不是那邊！痛死了，你別碰我！』而且還說：『你會害我分心，快出去！』雖然我很受打擊，但是她說得那麼激動，我也只能聽話吧？畢竟你媽媽可是賭上性命。所以一直在你出生之前，我都只能在病房外等。順帶一提，我之後問了你媽媽，她好像不記得自己那樣說過。『很不講道理吧？』她本人笑著這樣跟我說——很好笑吧？」

「原、原來是這樣啊……」

我出生的時候居然發生過這種事……

身為男性只能單純想像，不過分娩想必真的很辛苦吧。

「哎，和現在的狀況好像不能相提並論就是了。」

老爸的視線一瞬間飄向客廳。

「不管是多麼親密的一家人，還是會有想保持距離的瞬間。不過啊，到頭來還是會回來，只要彼此不是發自心底厭惡彼此。所以我覺得她們兩個已經沒事了，用不著擔心。」

「…………」

我也覺得奏音應該不會有事。

能夠清楚說出「我沒有在忍耐」，現在的奏音一定沒問題吧。

儘管如此，還是不由得擔心。

……也許這就是所謂的父母心吧？

※　※　※

一直以來和母親兩人生活至今。

生活中從來不曾有「其他人」加入。

真的就是相依為命。

母親有時會與「其他人」通電話，但是絕對不會把人帶回家裡，也不會對奏音提起那些人的存在。

所以奏音成長至今從來不知道電話另一頭的人究竟是母親的朋友，還是職場的同事，又或者是交往中的對象。

電話另一頭的「其他人」大概不是固定的人物，曾有過許許多多不同對象吧，現在奏音也漸漸理解了許多事。

她也幫忙做了許多家事。

她做家事總會讓母親開心，實際上家中瑣事也因此順利消化。

一切理應都很順利。

奏音原本這麼認為——

但是仔細回想，彼此一次也不曾認真地面對面聊過什麼。

大概彼此都自以為「理解」對方吧。

但是，人根本沒辦法得知別人心裡在想什麼。

即使是血緣相繫的親子也不例外。

奏音坐到沙發上，母親便抬起垂著的臉。

久違三個月的母親。

從髮際線可以看見黑髮多出了大約五公分，與染過的淺色頭髮呈現對比。

體型似乎也消瘦了幾分。

桌上擺著和輝的父親為兩人倒的冰涼麥茶。

奏音為了讓心情鎮定下來，只喝了一口後，與母親面對面。

「那個…………」

接下來的話完全說不出口。

心裡有很多話想說。

原本也覺得自己好歹該抱怨幾句。

也有些問題想問。

但是，這些思緒不願凝聚為有意義的言語。

只成為嘶啞的吐息聲，消散在半空中。

漫長無比的沉默。

只聽見雨聲和空調靜靜的運轉聲。

奏音不知道該把視線放在哪裡，只好凝視著母親擺在桌上的智慧型手機。

「妳到底去哪裡了……？」

好不容易擠出的聲音微弱得有如風中殘燭。

母親陷入思考般讓視線在空中遊蕩，最後呢喃：

「……很多地方。」

「很多是哪裡——」

「真的很多。去了國內很多地方，也到國外晃了一下。」

「國外？」

奏音倏地拉高視線。

居然連國外都去過了，這實在超乎她的預料。

「啊……呃……是這樣喔……開心嗎？」

奏音自己也覺得這問題有點岔題，但話已經說出口了。

母親別有用意般微微挑起嘴角。

「開心啊。但是——也覺得寂寞。」

再度沉默。

奏音憑著過去的經驗，明白這句話大概並非謊言。

「為什麼要離家出走？該不會真的是因為討厭我了──」

「不是這樣。」

母親馬上就否認。

她注視著奏音的表情有股從未有過的認真。

「不是這樣。」

第二次的口吻更加篤定。

「那又是為什麼……？」

認真的表情頓時改變，露骨地壓低眉梢。

「我自己也說不清楚……突然想去其他地方，想看看不同於這裡的景色。」

「……對這個城鎮覺得厭煩了？」

「感覺不太一樣……是看到飛機雲才讓我突然驚覺。我已經從很久以前開始，就連每天飛過頭頂的飛機都完全不曾注意到，我不再仰望天空了。就是因為我注意到這件事──於是再也無法忍耐那股衝動。」

奏音怦然心跳。

「飛機雲……」

奏音不由得說出口。

「嗯。妳大概不記得了，那時妳發燒，我去幼兒園接妳的時候，妳說過『媽媽，有飛機雲耶』。妳突然在我耳邊這樣說，讓我嚇了一跳。大概是從那時開始吧，我從來沒有仰望過天空……生活除了工作還是工作。」

「我記得……」

「咦？」

「我還記得喔……」

奏音的聲音顫抖。

那時她以為沒有傳達的那句話，其實確實傳達到了。

那時兩人看著同樣的景色。

光是明白這件事，就讓奏音心頭百感交集。

奏音用手背擦拭滿溢而出的淚水，對雙眼圓睜的母親露出笑容。

「最近，和哥帶我去露營。在那邊我看到很多星星，很誇張喔，一整片天空都是星星，還有銀河，真的非常漂亮。」

「………嗯。」

母親應聲的語氣溫柔。

「可是，銀河也不是只在七夕出現，而是夏天一直都在。只是沒看見、自己沒有注意到而已，那時我這麼想。這種感覺，和媽媽想的事情是不是很像？」

「嗯……很像……」

「沒錯吧。」

我們果真是母女。

雖然沒有這樣說出口，奏音想說的話應該已經確實傳達給母親了。

奏音在至今的成長過程中看過母親自由奔放的態度。

她有時不禁會想：我和媽媽個性一點都不像啊。

不過，事實上並非如此。

在眼睛看不見的地方確實有相似之處。

這像是展現了她與母親之間的「聯繫」，讓她覺得開心。

「話說……為什麼突然回來了？」

「因為我想吃妳做的飯了。」

母親神情像是感到歉疚，但同時微微吐出舌尖。

奏音不由得苦笑道：「什麼跟什麼。」

在其他人眼中——也許和輝就無法理解吧。

但奏音還是不由得覺得自己真的沒辦法討厭母親這種個性。

「因為奏音做的飯最好吃了。在外頭吃了很多好吃的東西，但我還是想念家常菜。」

一般說到家常菜，指的就是母親所做的料理吧。

然而母親口中指的卻是奏音的料理，果然自己的家庭並不尋常。

不過奏音覺得那也無所謂。

她不在乎在眾人眼中何謂普通。

在倉知家，這才是「普通」。

「想吃什麼菜色？」

「呃～～……雖然有很多，還是先點薑燒豬肉吧。」

「知道了。我會做，不過我也有個願望。」

「願望？」

「嗯。以後媽媽覺得難受的時候，希望能好好說出來……剛才媽媽也說『生活除了工作還是工作』吧？雖然我不懂工作的感覺，不過希望媽媽難受的時候能告訴我。我過去從來沒有聽媽媽抱怨過什麼，但是啊，以後想在我面前吐露的話也不用猶豫。這樣總比在心裡累積到極限好……」

「啊――――」

自從和奏音面對面，至此母親的眼中第一次浮現淚光。

太好了——奏音看到母親的淚水，反而覺得放心了。

「所以說，以後不准隨便離家出走。」

說出口了。

終於說出口了。

一直想說的話終於說出口，奏音心滿意足。

母親用手帕按著眼睛，不斷點頭。

見到母親的身影，奏音回憶起之前與陽葵說過的話。

『況且，我覺得我們和「大人」之間根本沒有那麼清楚的界線吧。』

『比方說，國小的時候，高中生看起來就很成熟吧？不過當自己變成高中生，心還是跟國小時沒有多少差別……』

所謂的「長大成人」，感覺上大概也和這句話差不多吧——奏音如此想像。

大人和小孩的界線本就模糊不清。

一這麼想，就覺得與母親的距離更靠近了。

不，不只是母親，而是對世上的「大人」們也同樣稍微靠近了一步。

經過了幾分鐘——

確定母親的情緒平靜下來之後，奏音端正姿勢說道：

「媽媽……我還有一個願望。」

「是什麼？」

「那個啊——」

奏音稍微壓低音調，說出了她的「願望」。

※　※　※

客廳的門靜靜地打開了。

原本倚著牆面，看著手機螢幕的我連忙離開牆壁。

從中走出的是奏音。

「姨丈、和哥，可以來一下嗎……」

奏音客氣地說道，眼睛稍微泛紅，不過臉龐沒有剛才籠罩的陰影，能感受到神清氣爽的氣氛。

光是這樣我就明白，兩人這次的談話有了好結果。

……太好了。

我和老爸跟在奏音後頭走進客廳後，阿姨站起身對我們稍微低下頭。

「真的很謝謝兩位。」

「啊……不會……」

阿姨對我道謝，我不知該如何回應。

我們其實也沒做什麼啊……

呃，算是提供了場地吧？

「對了，和輝，奏音她好像有個願望。」

「嗯？」

「這個嘛～～……」

奏音神態羞澀，接著說：

「那個，在暑假結束前，我可以繼續待在和哥家嗎？」

啊，對喔……

既然阿姨回來了，就代表奏音已經沒有理由繼續待在我家了。

坦白說，我還沒有想這麼多。

當「結束」突然擺在眼前，一陣空虛感頓時湧現。

「我這邊沒有問題。」

其實暑假結束後要繼續待也無所謂——這句話在阿姨面前實在說不出口就是了。

一陣子之前，我變得希望三個人的生活能持續下去。

儘管我也知道這樣的生活不可能一直延續。

胸口湧現了謎樣的鬱悶。

這究竟是何種感覺？就在我快要找出答案時，我連忙打斷思緒當作沒發現。

難道我覺得「不希望奏音被奪走」嗎──？

這種想法未免太自私了。

真要說的話，現在失去奏音陪伴的是阿姨。

「和輝，真的可以嗎？」

「是的，沒問題。奏音要整理行李之類的也很費工夫吧。」

阿姨再次問道，而我如此回答後，奏音的臉龐明顯發亮。

「這樣啊……我也得去找新工作才行，這樣真的幫上大忙了──那就拜託和輝再多照顧奏音一小段時間。」

「好的。」

「啊，不過和哥，明天晚上我會回家一趟喔。我要做飯給媽媽吃。」

「這樣啊，我知道了。」

所以明天我得自己做晚餐。

「和輝，果然真的是奏音在照顧你吧？」

老爸這句話讓我不由得心驚，是因為被他說中了。

「哎，這種事情——好像還真的是這樣……」

我老實回答後，不知為何大家都笑了。

於是繼陽葵之後，奏音住在我家的期限也突然敲定了。

我和奏音正在搭電車。

雖然阿姨已經回到自己家，不過按照剛才決定的，奏音會和我一起回我住的公寓。

太陽已經西沉，車廂擠滿了大概是剛下班要回家的上班族，還有放學後玩過準備回家或正要去玩的年輕人。

雖然雨已經停了，也許是因為濕度上升，空氣特別悶熱。

搭電車的我和奏音並肩站在車廂出入口前方，始終沒有開口說話。

我突然萌生疑問。

「對了，那個叫村雲的大叔，和阿姨是什麼關係啊？」

之前襲擊我家的那位手段過火又棘手的中年大叔。
就如同當時立下的約定，在那之後他從未對我們有任何聯絡或接觸。
我剛才也忘了要直接向阿姨問清楚——
不過奏音似乎問了，她先是說：「啊，你說那個人喔……」隨後露出為難的苦笑。
「媽媽說當時她在申請護照，但是在護照發下來之前好像要等一段時間。媽媽想節省這段時間的住宿費用，才找上她以前認識的顧客，就是那個男的……不過那個人似乎之前就喜歡上媽媽了，於是腦袋就解讀成『既然主動聯絡我，應該就是對我有意思』……」
「……………滿危險的啊。」
「嗯……哎，媽媽的做法也很不好就是了。給人家多餘的期待，也沒和他說清楚……嗯，總之他就是像那樣，是個很強硬的人，所以媽媽偷偷逃走了。媽媽說他以前當顧客時明明個性很穩重，看不出來私底下是這樣。」
「原來如此……」
「不過，他好像偷偷打了我家公寓鑰匙的備份。媽媽還說『沒想過他會做到這種地步，對不起』。」
「咦咦！」
這下我也忍不住叫出來。

按照村雲的自述，那把鑰匙是阿姨給他的啊。

回想起來真讓人毛骨悚然……

和奏音話中內容完全矛盾。

讓我不禁覺得也不限於那個人，完全相信某一方單方面的說詞很危險。

雖然每個人或多或少都會為自身利益撒謊，不過實在太超過了……

總之，也不會再和那個人扯上關係了吧。

電車開始減速，越來越靠近車站月台。

就在這時，奏音突然驚叫。

「啊，我都忘了。陽葵……！」

「嗯？陽葵怎麼了？」

「在去和哥老家之前，半路上被陽葵的朋友發現了！」

「啥——！」

令我一瞬間停止呼吸的衝擊直撲向我。

心臟猛然開始劇烈跳動。

「不過陽葵說『沒事』，我就自己趕去和哥家——怎麼辦？現在狀況如何了……」

在電車停下的同時，奏音慌慌張張地奔向月台。

我立刻追在她身後。

我想問清楚當時的狀況，但現在不是要求她說明的時候。

平常總會搭手扶梯，不過今天沿著樓梯往上跑。

我們穿過驗票閘口，來到車站外。

奏音左顧右盼，掃視周遭——

「啊，在那邊！陽葵！」

在車站前並列的商業大樓的角落。

陽葵就站在入口處。

「小奏！駒村先生！」

陽葵也注意到我們的身影，立刻朝我們跑過來。

兩人先是互相擁抱，接著注視彼此的臉龐。

「陽葵！太好了……我還以為再也見不到面了……」

「對不起讓妳擔心了。不過，已經沒事了……小奏那邊怎麼樣？」

「我這邊也算都順利。謝謝妳。」

「這樣啊……」

兩人的眼角浮現淚光。

我則是因為跑了這段路，紊亂的呼吸遲遲沒能取回規律，無法開口插話。

「啊，呃……我來說明喔。」

陽葵敏感地察覺了我散發出「拜託解釋清楚」的氣氛，轉身面向我。

「這個嘛……不過在這之前，得先解決晚餐才行——」

我勉強擠出這句話。

兩人同時輕呼：「啊……」看向車站前的時鐘。

「完全忘記了……」

「今天奏音也累了吧……就到超市買便當回家吃吧。」

「了解～」

「那……詳細情形就等回去之後再說吧。」

我們朝著常去的那間超市前進。

仔細一想，三個人一起去超市還是第一次。

也許是因為正值暑假，四周年輕人相當多，我們的存在也不會特別突兀。

雖然好像已經被陽葵的朋友逮到就是了——

不過看到陽葵現在仍然待在我們身邊，我想大概已經沒必要在意周遭的視線而害怕，心情也輕鬆了點。

「——所以，美實姊這次會睜一隻眼閉一隻眼。」

陽葵一面吃著炸雞塊便當一面說道，正在咀嚼炸蝦的奏音則應聲：「哦～～……」

「也就是，確定到八月中旬都能待在這邊了吧？」

「嗯。」

我該覺得「太好了」嗎？

我把幕之內便當的炸魚放進口中的同時感到安心，但也有種歉疚的心情。

儘管陽葵是自願離開家——

但是換個角度來看，我的行徑等同於從陽葵父母身旁奪走陽葵。

陽葵提到的那位名叫美實的女孩，很容易想像她的心情一定很複雜。

儘管如此，事到如今我也沒辦法對她說「馬上回去」。

「所以，駒村先生，我還會在這裡打擾一段時間。」

「啊，喔。」

總之，我想先讓陽葵達成她的目標「用自己賺的錢買回她被父母扔掉的用具」。

雖然沒有根據，我覺得要說服她的父母，光憑話語恐怕還不夠。

「小奏也不會馬上就回家啊。」

「嗯，這件事我已經拜託媽媽了。我還是想跟和哥與陽葵再多過幾天……」

其實在離開時，阿姨偷偷塞了一些錢給我。

「之後會再補」——雖然她這麼說，老實說我希望她不要這麼過意不去。

因為奏音已經給了我很多金錢無法買到的事物——

不過因為很害臊，我實在沒辦法說出口就是了。

「話說，和哥，你好像吃得很慢耶，肚子不餓嗎？」

奏音的視線露骨地朝向我的幕之內便當。

她的炸蝦大概只剩兩口就沒了。

還是老樣子，吃得很快。

「……我不會給妳喔。」

「唔。」

見到奏音鼓起臉頰，陽葵嘻嘻輕笑。

話說今天的晚餐，三個人都點不一樣的菜色啊。

這是一起生活後第幾次了？

我們幾個外食想吃的菜色總是一點也不打算配合其他人，回憶起這方面的種種往事，讓

我不由得笑了出來。

唯獨這一點，一直到最後都不會有協調性吧。

「討厭！不要笑啦。」

不是啦，我不是在笑奏音。

「小奏，我的炸雞塊給妳一塊。」

「咦？真的？我最喜歡陽葵了。」

「妳的『最喜歡』還真廉價。」

一塊炸雞塊就能換到的「最喜歡」算什麼啊……

「咦～～有什麼關係？我本來就最喜歡陽葵啊。」

「小、小奏……」

……這什麼氣氛。

陽葵也別真的害羞起來啊。

——一想到這樣熱熱鬧鬧的晚餐時間已經所剩無幾，原本想拋到腦後的寂寥頓時又湧現心頭。

第4話 晚餐與女高中生

因為隔天是假日，我們一如往常從早上各自打理分配到的家事。

用泡麵簡單解決午餐後——

奏音拎著裝了換穿衣物的包包來到玄關。

「那我出發了喔。」

「路上請小心。」

「自己小心喔。」

「明天中午之前就會回來。」

「知道了。用不著擔心我們，好好休息吧。」

「…………嗯，謝謝。」

奏音輕輕擺著手掌，走出玄關大門。

就如同她昨天所說，她只會回到自己家的公寓住一天。

「好啦，陽葵今天打工應該放假吧？」

「是的。」

「這樣啊。剛剛才吃過午餐，這樣問可能有點太急了——晚餐要怎麼解決？」

「嗯～～……該怎麼辦？」

陽葵皺起眉頭，開始煩惱。

在老家，媽媽常常問我「今天想吃什麼」，我總是回答「什麼都好」，想必讓她傷透腦筋了吧——我深切體會到這種感覺。

要思考每天的菜色其實很麻煩。

只要想自己的話還另當別論，要考慮別人的菜色就更是麻煩。

「小奏真是了不起，每天都能想出那些菜色。」

我在心中同意陽葵的呢喃。

因為在來到我家之前，她就過著這種生活了，真是讓人敬佩。

「明天我們來做點料理吧。明天陽葵打工是晚班？」

「是的。讓小奏嚇一大跳吧！」

「在這之前，我們今天的晚餐——」

「唔……在網路上找食譜來決定吧？」

「哦，這也許是個好點子喔。」

於是我們立刻移動到放電腦的我房間。

大概是從陽葵下定決心要回家開始，她畫圖的時間比過去減少了。

話雖如此，每天好像還是會動筆畫些圖。

根據陽葵所說：「畫圖就和鍛鍊肌肉一樣，間隔久了就會忘記手感或畫風變形。」

果然不管什麼事，持之以恆才是重點吧。

陽葵馬上就坐到電腦前面，打開食譜網站。

我則在她身旁隔了一段距離坐下。

我依然不懂在這種情境下適當的距離感。

再加上之前告白未遂的往事，讓我或多或少緊張起來。

這樣說或許稍嫌太遲了，其實沒必要用電腦，用我的手機查不就好了——我心裡這麼想，不過還是別說出口好了。

陽葵離家出走時把智慧型手機留在家裡，在這裡的生活沒有智慧型手機，所以一時之間不會冒出用手機的念頭吧。

「雖然打開了網站——該怎麼選？」

真是好問題，我們就連想用什麼食材都還沒決定。

我們先大致瀏覽顯示在首頁上的人氣食譜。

要看人氣食譜的細節好像需要登錄為收費會員，但我們就連菜色都還沒決定，沒必要點進去。

我當成餐廳的菜單大致瀏覽——

「每一道看起來都很好吃……」

「對啊……」

真不愧是人氣食譜。

每一道菜都讓人食指大動。

「這時該換個角度。不是找想吃的菜色，而是選我和妳也做得出來的。」

「有、有道理……也許這是重要的要素。」

雖然沒有陽葵那麼糟糕，我對烹飪也算不上拿手。

是可以按照食譜製作，但步驟較少的菜色比較好。

所以我在搜尋欄輸入「簡單」。

瀏覽網站送出的清單，突然想到。

我一直以為陽葵是很特別的人，和自己大不相同。

事實上她也擁有讓出版社主動找她出書的實力。

不過一起生活至今，我也見識過她身上許多「並不特別」的部分。

於是我改變了想法，撇開有關繪畫的部分，她是個「尋常的女生」。

而且讓人不禁擔心的部分也很多——

不，這部分該說一開始就這樣吧。

她當時可是跟著才剛見面的我一路來到我家。

「……駒村先生？」

「嗯？喔，怎麼啦？」

「我叫你好幾次了。是不是想睡覺？」

「沒有，只是稍微發呆而已。話說怎麼了？」

「這道菜好像不錯吧？看起來很美味。」

「鹽蔥醬雞排啊……不錯耶。」

雞肉比牛肉或豬肉便宜一些，更重要的是所需材料不多，料理的做法看起來也不難。

鹽蔥醬吃起來應該也爽口不油膩。

而且絕對跟啤酒很搭。

今天就別喝發泡酒，久違地買點啤酒吧。

「既然決定了，就去買材料。我們走。」

「好的！」

我們倏地起身。

我從包包裡只取出錢包，馬上就走向玄關——

「小奏會幫媽媽做什麼菜色呢……」

陽葵像是突然想起來似的輕聲低語。

「……誰知道。也許是奏音的拿手好菜吧。」

我一面穿鞋子一面想起昨天奏音的神情。

昨天面對面談話最後似乎有了好結果，不過大概是因為有三個月的空白，兩人之間的氣氛還是有些尷尬。

我在心中默默祈禱，奏音這次回家能稍微彌補空白期間產生的鴻溝。

※　※　※

奏音回到老家附近的車站。回到自家公寓前，先去了一趟超市。

在故鄉習慣去的超市。

不過，上次來已經是大約三個月前的事了。

感到懷念的同時走進店內，發現店內裝潢擺設都沒有變，一如過去那樣迎接奏音入店。

胭脂紅的超市塑膠籃。

當地農家栽培的蔬菜特設賣場。

擺雞蛋的架子放在通道轉角不太醒目的地方——

走在店內，毫無改變的風景讓奏音安心。

平常她總會一面看食材的價格一面思考菜單，不過這次要買的食材已經決定了。

貼著「今日限定」告示的食材的確充滿魅力，但今天必須忍耐才行。

奏音把要的食材俐落地放進購物籃，順便加上一些自己要吃的零嘴，之後走向收銀台。

一抵達公寓，首先確認信箱。

許久沒親自打開的信箱空無一物。

大概是母親已經拿走了吧。

光是這樣的小事，就讓奏音確實感受到母親已經回來了。

打開大門進家裡後，狹小的玄關擺著母親的鞋子。

上次與和輝一起來的時候沒看到的鞋子——

「啊，奏音，妳回來啦～～」

雖然沒看到身影，說話聲從和室投來。

過去總是奏音處於等候母親回家的立場，記憶中幾乎不曾聽母親說「妳回來啦」。

奏音覺得有點不對勁，還是回答「我回來了」，脫下鞋子。

她馬上把剛買來的食材放進冰箱。

之前只放著調味料的冰箱裡已經多出了雞蛋和培根等少量食材。

因為母親大多會買現成小菜，奏音感覺滿稀奇的。

奏音先把所有食材收進冰箱，走進和室一看，母親正背靠著牆壁，皺緊眉頭盯著智慧型手機。

「我看過冰箱裡頭了。媽媽要做菜嗎？」

「啊～～嗯，只有妳待在和輝那邊的這段時間啦。況且在找到下一份工作前，也得省吃儉用。」

「是喔。」

母親現在用智慧型手機看的大概就是求職網站吧。

之前那份工作不知道是在離家出走前就辭職，或是因為無故缺勤而被開除——這方面的事情奏音並不清楚，但也覺得沒必要問到底。

哎，因為母親待人親切，應該很快就能找到下一份工作吧。

「不過今天我想吃奏音做的菜。」

「知道啦。我就是為此回來的嘛。」

打開電視後，奏音也坐到坐墊上。

突然出現在螢幕上的是某間餐廳。

頭戴白色廚師帽的男性正動作熟稔地用菜刀切著番茄。

顯示在畫面邊緣的字幕寫著「風味絕佳！義大利冷麵」。

（好像很好吃耶。下次做來當午餐吃吧。）

倉知家的娛樂幾乎都來自電視和智慧型手機。

奏音之所以對親自下廚沒有抗拒，待在家裡沒有其他事好做也是原因之一吧。

而奏音在自己做料理的過程中，發掘了在「食」這方面的樂趣，結果食量變得比一般人大了一些。

不過，就算量少一點也不會因此感到不滿。在必須省吃儉用的狀況下，要她忍耐也沒問題。

「那個……」

「嗯？」

剛才盯著智慧型手機螢幕的母親突然輕聲呢喃。

「啊、呃……那個……對不起喔……」

「沒關係了啦。」

母親對這次離家出走已經發自內心反省，光看她的表情就知道了。

「不過，下次一定要先說喔。畢竟還是會寂寞……」

「嗯，知道了。應該說，我不會再跑掉了。」

「咦～～？真的嗎？」

「……嗯。」

母親的手輕輕擺到奏音頭上。

母親的神情顯得有些歉疚，但是臉上掛著溫柔的笑容，注視著奏音。

（比和哥的手小……）

奏音想著這樣理所當然的事，掩飾湧上心頭的害臊與欣喜。

站在自家廚房同樣有種久違的感覺。

想取出料理筷的時候，忘記收在何處而思考了一瞬間。

不過一旦想起來，剩下的就不需特別思考，手自然伸向定位。

奏音熟稔地將調味料加入炒鍋，做好了母親特別點的薑燒豬肉。

佐以高麗菜絲，再擺上一碗味噌湯就完成了。

「開動了～～」

母親雙手合十，眼神就有如少女般閃閃發亮。

正因為母親不時露出這種表情，奏音就是無法討厭母親。

母親用筷子夾起薄肉片。

奏音做的薑燒豬肉，使用的是涮涮鍋用的肉。

比起超市販賣的切好的「薑燒豬肉」用豬肉，涮涮鍋用的片數較多，感覺比較划算。

「嗯，還是奏音做的薑燒豬肉最好吃。這種薄肉片吃起來很順口，感覺很棒耶～～」

母親同時嚼著肉和飯，滿足地點頭。

晚了一些，奏音也把自己做的薑燒豬肉放進口中。

因為已經做過好幾次，味道很習慣了，不過調味成功還是讓人高興。

「話說，奏音。」

「嗯？」

「跟和輝感覺不錯？」

「────！」

奏音險些把放進嘴裡的薑燒豬肉噴出來。

「呃、什、什、什───」

「哎呀～～看妳這個反應……」
母親面露意味深長的笑容。
奏音不知該如何回應，整個人呆住了。
或者該說感覺很不自在。
「哼哼～～原來是這樣啊～～妳說想在和輝那邊待到暑假結束，果然就是——」
「才、才不是那樣！」
「好好好。對了，媽媽只給妳一個小建議，那就是表兄妹可以結婚喔。」
「討厭！就說不是了嘛！」
見到奏音動怒，母親笑得更開懷了。
她明白自己說不過母親，便重新握好手中的筷子。
（什麼表兄妹可以結婚嘛——）
這樣算不上建議吧？奏音這麼想著，臉頰通紅，把好幾片薑燒豬肉一次塞進嘴裡。

※　※　※

第5話 領帶與女高中生

時間來到八月了。

但是我今天馬上就必須加班，比平常更晚回家。

回到家時，兩人都已經吃完晚餐。只有我的那份晚餐包上保鮮膜，擺在桌上。

今天的主菜是鹽烤鯖魚。

在公司的餐廳煩惱要吃咖哩套餐或和風套餐時，選了咖哩套餐真是正確選擇。

因為和風套餐的主菜也是鯖魚……

把晚餐放進微波爐加熱的同時，奏音說著「我要洗澡嘍」走過我身旁。

今天洗澡的順序原本是我先洗，不過陽葵好像洗好了。

陽葵已經換上睡衣，在客廳休息。

「加班晚回家的時候，我排最後一個洗澡」──這項規則也已經深入生活了啊。

不過，這項規則適用的次數還剩幾次呢──

我看著在微波爐中橘色燈光照射下的鹽烤鯖魚，不由得這麼想著。

把毛巾擺在頭上的奏音一走出盥洗室就來到坐在沙發上的陽葵身邊。

洗髮精的香氣頓時在客廳散開。

兩人明明用的是同樣的洗髮精，但香氣聞起來有些差異，單純是刻板印象嗎？

不管原因如何，那是年近三十的我不會散發的氣味。

「啊，對了，和哥的高中制服是什麼樣子？」

奏音將冰麥茶端到嘴邊，對著正在飯廳品味餐後酒的我問道。

「是怎麼啦，突然問這個？」

「哇～～～～！小奏！」

不知為何陽葵想堵住奏音的嘴。

但是奏音正好想喝麥茶，於是杯子猛然撞上她的臉，讓她不禁驚叫「噗啊」。

「啊啊！對不起！」

「妳們是在幹嘛……」

奏音按著臉，忍痛掙扎。

等了一段時間，她的疼痛褪去——

「其實，在和哥回來之前我和陽葵在想像——或者該說妄想吧？」

「妄想？」

「嗚嗚……能夠毫不遲疑就對當事人說出口，果然一般人和御宅族的習性不同啊……好耀眼……我辦不到……」

陽葵用手摀臉，不知在嘀咕什麼。

「嗯。如果和哥跟我們同年，上同一所學校會怎樣——這類的話題。」

「嗚咿～～～！」

那個，發出怪叫的陽葵也太有趣了吧。

「怎、怎麼了嗎？陽葵？」

「還是不要直接講比較好！真的很難為情！」

「會、會嗎？我不覺得這個話題有多糟糕就是了……」

大概是被激動要求的陽葵嚇到了，奏音有些支支吾吾。

「話說，思考不同的可能性就是二次創作的源頭啊……而且這種就內容來說不就是『夢系』嗎……要在本人面前發表是哪種懲罰遊戲啊……但是這樣講又沒辦法讓你們理解……兩位的觀念和我果然不一樣……好難受……」

陽葵抱頭，繼續不停嘀咕。

儘管聽見她口中洩出的片段話語，我還是完全無法理解……

暫且不管陽葵的反應，我在腦海中反芻奏音說的話。

如果我和奏音、陽葵同年——

我從來沒想過這種事，所以稍微受到了衝擊。

如果我在高中遇見兩人，會過著與現在截然不同的生活嗎？

……唉，坦白講，實在說不準。

就算和奏音是表兄妹，在學校也可能一句話也說不上。

陽葵也是，和我應該不會有交集吧。

而我大概也同樣在練柔道，這點不會變吧。

話說，我甚至可能從別人口中得知陽葵的才華和活躍，在更早的時期放棄鑽研柔道。

高二時期的我還無法坦率接受自己的能力，正在嘗試做最後的掙扎。

雖然領域不同，如果得知陽葵正大肆活躍的傳聞——

……嗯，還是別繼續想了。

沒必要回憶那些往事。

「啊，所以妳們才問我高中制服吧。我的高中只是普通的男生制服喔，沒什麼特別的。

不過我也沒想過要穿西裝制服，應該說基本上對制服沒興趣吧。」

「哦～～和哥就會這樣想吧。」

「男生制服……真想看看駒村先生穿男生制服的樣子……」

啊，陽葵啟動了有點危險的模式。

我感覺自己聽見了吸口水的聲音，真希望是錯覺。

「回想起來，一開始找工作的時候，要學會打領帶讓我費了一番工夫。高中穿西裝制服的人都很熟練了，只有在那時候有點羨慕。」

「現在也很習慣了吧？早上總是不知不覺間就做好出門的準備。」

「我畫過領帶，但不知道怎麼打耶。也許我只把領帶當作妝點男性角色的道具……」

「我也沒打過領帶耶～雖然偶爾會在電車上看到其他高中的女生打領帶，那樣也很可愛耶。」

對喔，奏音和陽葵的制服都是領結嘛。

「對了。我有點好奇，可以讓我練習打領帶嗎？」

「啊！我也想試試看。如果能理解構造，要畫的時候應該能活用。」

「哎，可以是可以。」

兩人從客廳來到我這邊。

我把回到家就一直掛在椅背上的領帶拿到手中，遞給奏音。

奏音先仔細打量領帶後，呢喃說道：「還滿長的耶。」

「對了，駒村先生特別中意哪種花樣的領帶？」

「呃，沒有啊，只要顏色別太花俏就好。」

「這樣啊……」

說到這裡，陽葵和奏音互看一眼，露出意味深長的笑容。

「咦……怎麼了？」

「沒什麼。以前和小奏一起外出的時候，找到了感覺很適合駒村先生的領帶。」

「對啊對啊。和哥要是打那條領帶，肯定很好——很帥氣喔。」

「妳剛才差點講『很好笑』對吧？絕對是這樣吧？」

「你在說什麼啊？總之還是先來練習打領帶吧。」

她轉移了話題。

到底是哪種圖樣啊……我還來不及多想，奏音的臉已經逼向我。

洗髮精的香甜氣味突然掠過鼻尖，讓我不由得心驚。

奏音轉了轉手臂，把領帶套上我的脖子。

「要用我來練習喔？」

「咦？不然呢？」

「用自己練習不就好了。」

「可是方向相反不是很容易搞混嗎？」

「等等，妳想練習的是——」

怎麼幫人打領帶喔？我差點說出口，但嚥下了這句話。

因為奏音的臉頰很明顯在發紅。

「這個喔，就那個嘛……將來可能會用到嘛……」

「哈哈，原來如此。就是為了將來的老公——對吧？」

「——！」

陽葵的追擊讓奏音的臉頰更紅了。

「廢、廢話少說！練習！還是陽葵要先來？」

「我先看過小奏的做法再試。因為我笨手笨腳的……」

「啊～～……」

我和奏音連一絲否認的想法都沒有，這就是我們共度的這段時間的結果吧。

「然後呢？接下來要怎麼辦？」

「這個嘛，老實說領帶打法有很多種——我平常用的都是簡單的方法。」

「那就教我簡單的。」

「知道了。首先把這邊拉長一點，兩邊交叉——」

「嗯。」

「然後繞一圈，翻到前面來。」

「好了。」

……可惡。因為奏音的頭很近，洗髮精的香氣從剛才就一直挑動我的神經。

在剛洗好澡的狀態下這麼靠近，好像還是第一次。

心跳不由得加速。

總之別再去想氣味的事了。

「然後，從下往上繞過那個洞，再穿過這個圈圈——」

「雖然成功了……打結的地方感覺不好看。」

奏音的表情有點不滿。

「這部分就在穿過洞的時候注意調整。綁太緊的話領結會變太小，不太好看。哎，只要持續練習就會習慣了。」

「嗯。我會練習看看，謝謝。」

「咦？小奏？該不會這樣就學會了？」

「呃～～嗯，大致上懂了吧。在抓住訣竅之前很費工夫就是了。」

「好厲害……我光用看的完全搞不懂耶……」

「那接下來就換陽葵試試看吧。」

「好、好的。」

和奏音交換位置後，陽葵有點緊張地站在我面前。

陽葵同樣散發著洗髮精的香氣。

──啊，就說不要去想了。

我解開領帶，恢復為掛在頸子上的狀態。

冷靜一想，我到底在做什麼啊……

不過我覺得現在不能恢復理智，便刻意忽視這樣的想法。

「那就像剛才奏音一樣交叉後繞一圈。」

「……繞一圈。」

「然後從下面往上──等一下，先暫停。」

「咦！真的是由下往上？」

「是沒錯，不過好像不太對。」

「啊，位置的確怪怪的……那就先回到上一步──奇怪？怎麼變不回去。」

「等等，妳拉緊要幹嘛？我覺得有點難受。」

「哇哇！對、對不起！我馬上解開！」

「妳看清楚，這樣不是解開，而是束緊喔！」
「啊哇哇哇哇！」
「啊哈哈哈哈哈！」
「奏音也別笑了，幫幫忙啊！」
陽葵超乎想像的笨拙把我玩弄於股掌之間。

「最近友梨小姐都沒來耶。」
陽葵提起這件事，是在客廳鋪被褥的時候。
我原本正一面看電視一面刷牙，聽見她提起友梨的名字而嚇一跳，手不由得停下動作。
友梨自從前陣子就不再來我家的理由。
因為她找到新工作了。
還有另一個理由。
那就是她對我告白，而我還沒有給她答覆——
告白的事先放一旁，我回想起我尚未將友梨就職這件事告訴兩人。
因為上次為友梨慶祝就職時，我告訴她們只是普通聚餐……

「友梨她——」

「大概不方便來吧？」

「咦——？」

奏音輕聲低語的這句話，讓我不由得愣住了。

奏音的講法就好像知道我和友梨之間發生了什麼事——

不過，奏音應該不曉得。

友梨也不至於告訴奏音吧。

『我一直喜歡著你……喜歡和樹，遠在「那兩人」之前。』

友梨早就注意到兩人的心意，她不可能告訴她們。

我很清楚友梨的個性，她沒辦法當面說這種話。

「啊，沒有啦……因為友梨小姐好像在找工作嘛，我想她大概沒什麼空閒時間吧。」

奏音擺著手如此回答。

看來是我想太多了。

「說到這件事，其實她好像順利找到新工作了。」

「這樣喔？」

「所以她最近才沒來啊。不過這樣太好了。」

陽葵接受了原因似的點頭，這個話題便就此結束。

我被這個話題突襲而心跳加速，按著胸口走向盥洗室漱口。

隔天晚上。

吃過晚餐，洗好澡之後，我從冰箱取出發泡酒，這時奏音一臉賊笑走向我。

「和哥～～」

「幹嘛？不可以吃零食喔。」

「討厭，不是啦！總之你快來。」

我還來不及拒絕，奏音便拉著我的手來到我房間。

在我房間裡，陽葵正坐在電腦前方。

這已經是司空見慣的情景——

「其實，陽葵要畫我們喔。」

「畫我們？」

陽葵神色忸怩，但還是點了點頭。

「對。我隨口問了『陽葵會畫肖像畫嗎』，她就說要幫我們畫。」

「畫Q版的就是了……」

「哦～～」

我立刻看向電腦螢幕。

「這是……我？」

「是、是的……」

畫面上有個二頭身的角色。

眼鏡中的眼睛是一個點，看起來相當可愛。

不過聽她說這是我，有種害臊的感覺啊……

「你看，髮型和氣氛很像吧？」

「旁邊的是奏音吧？真的有抓到特徵。」

「對吧？原來我這麼可愛啊。」

「不要自己講啦。」

哎，可愛這點我也不否認就是了……

「然後這邊的是友梨小姐和陽葵。這種輕飄飄的感覺就很像友梨小姐。」

「確實如此，認識友梨的人一眼就能認出來吧。陽葵的畫真不是蓋的，畫得真好。」

不過，原來陽葵也懂這種畫啊。

因為之前看到的都是用色美麗的圖畫，讓我單純覺得訝異。

而且還會畫漫畫，陽葵的畫技之靈巧真讓我覺得敬佩。

與之成反比般，畫畫以外的事情都笨拙就是了……

「雖然是Q版，要把自己畫得可愛還是非常有抗拒感……不過一想到這樣能畫隨筆漫畫，也許滿好玩的。」

「隨筆……？算我求妳，別把我畫進作品裡面喔。」

「再怎麼樣都不會啦！就算要畫，也會寫成異世界的居民或未來的世界之類……絕對不會讓人發現原本是駒村先生。」

「奇幻世界裡的和哥啊，有點好奇會變成什麼樣子。」

「喂喂喂，我說了，別把我畫進作品裡。」

「呵呵，我會注意的。」

等等，這個回答擺明了就是想畫我吧？

……哎，如果是在我不知情的地方，那也無所謂吧。

「欸，陽葵，這張畫我可以印出來嗎？」

「嗯，可以啊。」

「好耶。」

陽葵馬上啟動印表機。

白色印表機已經很久沒用了，披著一層塵埃。

回想起來，這是在剛進公司的時候買的吧。

當時有個上司不會用電子郵件，為了配合傳真機使用才買的……

聽到許久沒聽見的印表機啟動聲，當時種種辛勞的記憶有如跑馬燈在腦海奔馳。

陽葵熟練地設定好列印，沒過多久印表機就吐出了圖畫。

「謝謝妳，就和跟陽葵一起拍的大頭貼一起收藏……」

奏音接下A4尺寸的紙張，感觸良多地凝視著，如此低語。

「要是陽葵出名了，就能拿這張畫來炫耀喔。」

「就是說啊，得好好珍惜。不過和哥的不能給別人看見喔，和陽葵的關係會曝光。」

「……的確是這樣。」

況且能炫耀的對象頂多只有晄輝一個人。

不過，這也代表了與陽葵之間的回憶啊……

我看著我的畫從印表機輸出，感覺到離別的氣息更加逼近了。

第6話　焦躁與我

一如往常，在公司的員工餐廳度過午休時間。

磯部和我一起接過A套餐，找了空位坐下。

「對了，最近這陣子沒有和佐千原小姐一起吃啊。她放假嗎？」

「沒有，今天應該也好端端來上班了。大概吧。」

「…………」

這兩人明明在交往，但磯部剛才的回答顯然不太對勁。

有種事不關己的感覺，或者該說有點隨便……

「怎麼啦？該不會是吵架了？」

「唔——」

「……你的反應還真明顯耶。」

「這我也沒辦法啊～～…………」

磯部手拿著筷子，猛然嘆息。

「原因是什麼？」

「是我不好啦……」

「我想也是。」

「要這樣講至少先聽我把話說完嘛！」

「抱歉。」

雖然口頭上道歉，其實我心裡毫無歉意。

因為佐千原小姐和磯部兩人根本沒辦法比嘛……

「然後呢？到底是什麼原因？」

說完，我把味噌湯端到嘴邊。

味噌湯的配料每天輪換，今天的是蔥和油炸豆皮，還加了馬鈴薯。

我過去喝員工餐廳味噌湯的頻率其實不低，不過加馬鈴薯的味噌湯還滿少見的。

反正能吃飽，我就沒有怨言。

「之前的假日，我們一起去看了電影……」

「該不會是你選的電影和佐千原小姐的口味完全對不上？」

「不，電影本身很有趣，糟糕的是看完電影後的午餐。」

「吃起來真的那麼糟？」

「我的意思不是午餐的味道『很糟糕』，糟糕的是我的舉動……」

搞錯了「糟糕」的意思啊。

話說，雖然他不是這個意思，但是聽他說「糟糕」，導致我也差點覺得A套餐的漢堡排味道變糟了。

我連忙把注意力集中在味覺上。

……嗯，還是一樣美味。

話雖如此，也算不上非常好吃就是了。

這道漢堡排八成是冷凍食品，不過其實我還算喜歡這種尋常的口味。

等等，現在不是品評漢堡排的時候。

問題是磯部。

「你到底做了什麼？」

「其實是坐在我們隔壁桌的兩個女生，很熱烈地聊著《夢舞》的話題……」

《夢舞》指的是名為《夢幻舞台》的智慧型手機遊戲。

玩家在遊戲中扮演培育偶像的製作人，屬於這類型的遊戲。

順帶一提，我曾經受磯部推薦而下載了遊戲，但因為遊戲性與我不合，馬上就不玩了。

沒有節奏感的人玩音樂遊戲很痛苦。

「……然後呢？」

「那兩個女生聊到了平等院朱美啊。提到了我最喜歡的角色！有人在旁邊開開心心聊起自己最喜歡的角色，當然會想插個幾句吧？」

坦白說，磯部說的話我無法感同身受。

我的個性對遊戲和漫畫的角色幾乎無法投入太多感情，這也是我沒繼續玩的理由之一。

雖然會喜歡上某些角色，但是不曾影響到我的現實生活。

就這一點來說，看到磯部和陽葵能對二次元那樣狂熱，也不禁有些羨慕。

因為人生中的樂趣比我多。

——以上這些想法，我之前曾對磯部提過，結果他的評語是：「想法已經是老頭子了啊……」讓我有點無法接受。

「然後你就真的加入她們了喔……」

「可是聊的時間還不到五分鐘喔……」

「這種狀況下，時間長短不是重點吧。」

在約會時和陌生女生開始聊天，在沒有戀愛經驗的我看來也是很不妙的舉動。

「嗚嗚……果然是這樣吧……其實我也知道是我不好。但是不管我怎麼道歉，她還是一直沒有消氣……」

「於是你就一直消沉到今天了。」

「因為在公司裡樓層不一樣，也很少碰面，就算聯絡她也一直不理我。我們是不是已經完了……」

磯部吐出特大號的嘆息，原本就下垂的肩膀駝背更嚴重了。

光聽他描述，感覺沒有那麼致命才對——不過我也不曉得佐千原小姐是怎麼看待這件事的……

為這種行徑感到傻眼，這段關係就此淡去……這種可能性也不是零。

「真沒辦法，你們兩個會湊成一對，我也有關係，我就幫你安排見面的機會吧。」

「…………真的？」

「不要用那麼驚訝的表情看我。」

「因為不久前我只要約你，你都會拒絕啊。」

「啊～～……那時候剛好沒這種心情。」

的確如此，前陣子因為陽葵和奏音在家，我總是不安地下班立刻回家。

不過現在我已經能放心讓兩人看家了。

在這方面，我想主要是因為陽葵雖然去打工也不曾被家裡人找到，一直生活至今。

哎，雖然之前真的被逮到就是了……

「駒村你是不是有點變了？果真是女友的影響吧？」

「不予置評。」

我真的和之前有所不同了嗎？

磯部屢次如此主張，讓我再度感受到與兩人的生活為我帶來多大的影響。

隔天，我為了讓磯部和佐千原小姐和好，前往酒館。

我也想過被佐千原小姐拒絕的可能性，但她出乎意料地二話不說就答應了。

雖然她告訴我「之後再會合」。

看來沒有意願三個人要好地從公司一起前往酒館吧。

哎，不過磯部似乎也覺得這樣他在精神上比較舒服。

順帶一提，今天選的酒館和上次不同間。

菜單上的菜色相當豐富，從串燒到鐵板料理、油炸類、麵類等等，令人眼花撩亂。

不過現在的磯部似乎完全沒有食慾。

「駒村……我可不可以回去啊？」

「啥？你在講什麼啦。你不在場不就沒意義了嗎？」

「可是，我之前道歉那麼多次她都不原諒我，肯定再道歉也沒有用啦……」

「你要懷抱更多希望啦。佐千原小姐如果真的打定主意不原諒你，她應該會拒絕今天的邀約吧？」

「啊……聽你這樣講，的確如此……」

就在這時，男店員來到我們的餐桌旁。

佐千原小姐跟在他身後。

「在這邊。」

佐千原小姐對店員說了聲「謝謝」之後，對著我們微微低下頭行禮。

剎那間，磯部挺直了背脊，進入緊張模式。

和上次相同，佐千原小姐坐在我們對面的座位。

「不好意思，讓兩位久等了。」

「不會，其實我們也才剛到而已。先點些喝的吧？」

我判斷這場面應該由我來主導比較好，便在桌上攤開飲品菜單。

決定好各自的飲料，我喚來店員並點餐後，一陣沉默造訪我們之間。

與迴盪於店內的談笑聲相較之下，只有我們這桌特別安靜。

雖然是我自己安排了這個場合，但實在不覺得這氣氛待起來舒適……

「那個……駒村先生，給您造成麻煩真的很不好意思……」

「不會，我一點也不介意。」

「抱歉，駒村……」

「我就說不要道歉了嘛。」

連磯部都這樣喔？

也許這兩人其實本性還滿相似的。

不過要是指出這一點好像會節外生枝，所以我也不打算說出口。

「讓您久等了～～！中杯生啤兩杯和梅酒沙瓦！」

格外有精神的店員將飲料端上桌，不過這氣氛實在沒辦法乾杯。這下該怎麼辦？

我稍微煩惱時，磯部突然對佐千原小姐低下頭。

「呃……請讓我再說一次，真的非常對不起，小音。我真的在反省了。」

「啊——！呃，這……」

磯部突如其來的道歉，讓佐千原小姐視線異常地四處游移，驚慌失措。

我覺得這不是因為磯部道歉，而是因為他突然直呼她的名字，讓她一時慌了手腳……

磯部低著頭一動也不動，佐千原小姐一語不發。

她欲言又止般開口——同樣的動作重複了好幾次，終於發出聲音。

「我、我才該道歉……對不起，一直擺出那種幼稚的態度。但是我真的好不甘心……」

佐千原小姐握緊了擺在膝蓋上的拳頭。

唉，男友在約會途中和其他女生聊得起勁，這也是當然的吧。

「真的很抱歉。」

「我一想到自己輸給二次元的女生就……」

………嗯？

「………嗯？」

我的心裡話和磯部重合了。

「要和二次元的女生相比，我哪有勝算啊……」

啊～～問題出在這邊喔？

「先稍等一下喔！再怎麼樣我也不會真的愛上二次元的女生啊！」

「可是，你不是和那些女生聊得那麼開心嗎？甚至拋下我不管。」

「就結果而言放著妳不管，這件事要我道歉幾次都可以。可是我真的不會把二次元的女生擺在第一！我可以對神發誓！」

「嗚……可是……」

「我是說真的，只有這點拜託妳相信我。」

磯部用認真的眼神直視著佐千原小姐。

面對這般對話內容，我真不知道自己旁觀時該擺出何種表情……

「……好吧。既然這樣，只要以後不要在我面前提起那個角色——朱美的話題就好……就算是二次元，看到你在我面前那麼開心地聊著我以外的女生，還是會很寂寞……」

佐千原小姐語氣孱弱地如此呢喃。

「…………」

一陣沉默環繞我們——

「欸，駒村……我女友太可愛了。」

「扁你喔。」

磯部轉過頭來，對我投出閃閃發亮的眼神。我則以認真的語調回應。

我原本做好了心理準備面對一場家務事，怎麼一開場就是這種氣氛……

簡單說，佐千原生氣的原因並非磯部跟女性聊天，只是對二次元的女生心生嫉妒而鬧脾氣。

原來佐千原小姐有這樣可愛的一面，讓我覺得意外，同時也覺得相處起來有點麻煩……當然我不打算說出口就是了。

總之，話一說清楚，頓時迎向和解的氣氛。

「我知道了。以後我和小音在一起的時候，絕對不會提起夢舞的話題。」

「……真的？」

「絕對不會——也許我沒辦法說得這麼篤定……但我會節制。」

聽了磯部的回答，佐千原小姐擺出了有點不滿的表情，但嘴角已經上揚成微笑的弧線。

這樣——應該算是解決了吧？

我舉起被擱置在旁而開始滲出水滴的玻璃杯。

「那麼就慶祝兩位和好如初，乾杯！」

「「乾杯～～」」

兩人也舉杯碰向我的玻璃杯。

雖然才剛開始，在我心中本次餐會已經結束了。

就像上次一樣，找個時機早點離席吧。

總之先瀏覽菜單，上頭列著豐富的單品小菜。

「話說，佐千原小姐原來名字叫小音啊？」

「駒、駒村先生～～！呃……我叫『心音』，可是從小大家都那樣叫我……」

「哦～～很可愛的名字啊。」

「啊——謝謝您的稱讚。」

佐千原小姐大概是真的覺得害羞，忸怩地挪開視線。

她害羞的反應這麼明顯，如此稱讚的我也會覺得有點害羞……

「喂，駒村，不要講別人的女友可愛啦。」

磯部不開心地說道。

「你放心，我沒有別的意思。」

「話是這樣說，不過形象認真又硬派的你突然說『可愛』，破壞力很強耶……」

會嗎……？

我從不覺得自己是個性多麼認真的人就是了。

還有硬派形象？

我和磯部之間的認知落差，讓我不禁覺得有些納悶。

我們點了好幾道小菜，一面品嚐一面閒聊，過了大概一小時。

我原本打算途中就離席，但是磯部和佐千原小姐對我說「今天就我們請客當作謝禮」，於是我決定待到最後。

這種場合，別人的好意就該坦率收下吧。

攝取酒精飲料好一段時間後，一個問題迎面而來。

「磯部，你知道廁所在哪裡嗎？」

「在櫃台旁邊。」

「不好意思，我去一下。」

我起身離席，按照他告訴我的，邁步朝櫃台旁邊移動。

不過，我不禁在櫃台前方停下腳步。

在窗邊的餐桌座位之一。

因為背對我坐著的女性輪廓讓我覺得非常眼熟。

那是──友梨？

她面對的那張餐桌旁，還有我不認識的三男兩女。

我從人數立刻聯想到的名詞就是「聯誼」。

那桌的氣氛相當熱烈，友梨應該完全不會注意到我。

當然我也沒有勇氣向她搭話──

懷著胸口急遽湧現的不快感，我離開了那裡。

「呼～～吃得好飽。」

走出酒館後，磯部心滿意足地呢喃。

雖然我剛才沒有懷疑他，不過看到他真的幫我付帳，我還是覺得開心。

「話說，駒村，你剛才好像吃到一半就沒什麼精神，喝醉了？」

「哎，是有點……」

「哦～～還真稀奇。你平常總是一副沒事的表情啊。」

……這樣的對話，其實已經是第三次了。

磯部在喝醉之後，總會屢次重複同樣的話。

單純只是不記得自己剛才說過什麼話吧。

雖然有點煩人，但我也差不多習慣了。

「我看你比我還醉，回家路上小心點啊。」

「呵呵，我會負起責任送磯部先生回家的。」

這時，佐千原小姐面露笑容代替磯部如此回答。

印象中，我們以前也曾有過類似的對話。

佐千原小姐的臉頰也有點紅，不過酒量似乎不差。

「那就明天見，今天真的非常謝謝您。」

「我才該道謝，謝謝招待。」

和兩人在車站道別，在月台上等電車。

溫熱的晚風似乎無法為發熱的臉頰降溫。

雖然我對磯部那樣說，其實我幾乎沒有感受到醉意。

只是一直介意友梨為何出現在這裡——

在我們走出店門時，友梨他們那桌已經空無一人。

到最後友梨還是沒有注意到我。

她之前對我告白，我至今還保留回答。

她並沒有成為我的女友。

所以不管她要和誰做什麼事，都與我無關。

明明與我無關——

為什麼會讓我這麼介意？

話說，那真的是聯誼嗎？

友梨的個性對男性並不積極，如果真是這樣，可以想見被邀來湊人數的可能性最高……

或者單純是與友人聚餐？

還是新職場的同事？

對了，她是從什麼時候開始到新職場上班？

明知道怎麼想也沒有結果，思緒卻一直縈繞於此。

直接問她本人也許最快，不過我至今仍舊不曉得友梨的聯絡方式，這樣的狀況完全出自

我的一己之私——

所以會像這樣焦躁不已，某種角度來說也是自作自受吧。

上次見到友梨和我以外的其他人聊得那麼開心，已經是國中時的事了。

那時候因為害怕其他同年級生拿童年玩伴這層關係來捉弄，我和友梨在學校不約而同地保持距離。

當時我總是遠遠地看著友梨與朋友們愉快地聊天。

但是回到家後，我們會教彼此擅長的科目，一起準備考試。

雖然並非刻意營造，就結果來說變成了「對學校同學保密的關係」——

坦白說，當時的我對友梨並非全無好感。

但是我沒有勇氣說出那份心情，任憑時間流逝，最後那份感情就有如石頭從河川上游被沖向下游的過程中漸漸磨損——

可是……現在這感覺是什麼？

自胸口隱約傳來的刺痛感是我在十幾歲那時體驗之後，睽違已久的感覺。

第7話 回憶的場所與女高中生

今天的晚餐是奶油玉米飯和煎肉排。

這還是我第一次品嚐到奶油玉米飯這種料理，不過非常美味，陽葵更是格外感動。

就奏音所說，這道奶油玉米飯用電鍋就能簡單做好。

仔細一想，自從我獨自一人生活就不曾做過炊飯類料理。

以前和晄輝一起住的時候，印象中有做過一次……

日後要更多加善用電鍋。

難得有這文明的利器，不用就太浪費了。

「話說明天……有什麼打算？」

奏音突然提起這個問題是在開動後過了一段時間。

明天是週末。

我的確不用上班——

「有什麼想去的地方嗎？」

「也不是這樣啦……在陽葵回去之前，和哥的假日也沒剩幾天了嘛。」

「啊……」

我們不由得看向月曆。

雖然奏音正在放暑假，但我是社會人士，當然沒有這種好事。

換言之，三個人能一起行動的次數也所剩無幾──

不特別做什麼事，度過一如往常的生活也是一個選項。

不過奏音和陽葵肯定不會滿足吧。

回顧過去時，照平常度過的日子想必也會成為無可替代的回憶。

不過還年輕的兩人首先會想起的肯定不是日常生活，而是「做過什麼事」、「去了哪些地方」等經驗吧。

「這個嘛，既然有空，就找個地方去玩吧？陽葵打工有排班嗎？」

「明天是從中午開始，不過後天放假。」

「既然這樣，要在陽葵打工結束之後吧。」

「對喔。那明天還是算了吧……」

「啊，我沒問題喔。我本來就對體力有自信！」

陽葵充滿自信地拍了胸膛。

既然她都這樣說了，哎，應該沒問題吧。

「話說要去哪裡？」

遊樂園這類需要花錢的地方有點不方便——這是我真實的心聲。

因為上次露營已經花了不少……

「說到地點，就那間購物中心行不行？」

「我是沒關係，不過——」

不久前才剛買過泳裝而已。

還有上次晄輝來我家時，和陽葵一起去了一趟「假約會」。

我側眼看向陽葵，恰巧與她對上視線。

我和陽葵心裡大概正想著同一件事。

那時我們去了哪裡，並沒有對奏音詳細說明。

「我也覺得那邊不錯。」

「太好了，其實我也沒有特別想幹嘛。只是上次去有買東西這個目的，感覺好像沒有四處逛。」

這種「漫無目的地閒晃」應該是女生擅長的領域吧。

我並非認定所有男性都討厭逛櫥窗，不過我如果沒有目的就拿不出動力上街……

「那就等陽葵打工結束後過去吧。」

「啊，就在陽葵打工那間店附近的車站等，一會合就直接過去吧？」

「這樣的確比較節省時間。就這樣，陽葵，明天我們會在車站等妳。」

「我明白了！」

決定好明天的行程後，我再度看向月曆。

這段三人一起生活的時間真的已經所剩無幾了……

在陽葵泡澡的時候，奏音在客廳開始鋪被褥。

平常她應該會更晚一點才鋪，真是稀奇。

「今天要早點睡？」

「嗯，覺得有點睏。」

她還順便幫陽葵鋪好了被褥，做好萬全的就寢準備。

「太早睡的話，明天出門時會想睡喔。」

「啊～～……哎，到時候睡一下午覺就好。」

奏音拍了拍枕頭，露出天真無邪的笑容。

若真的演變成這樣，我得醒著才行，不然會出事啊。

所有人一起睡到傍晚的事件可能再度發生。

「啊，對了，和哥……」

奏音的語調驟降。

她把剛才拍打的枕頭用雙臂緊緊抱住。

怎麼了？

該不會是想到阿姨了？

「呃……那個……」

她像是在賣關子，不，該說是忸忸怩怩吧，讓我很好奇。

「怎麼了？」

「那個，聽說……表兄妹可以結婚喔。」

「喔…………啥！」

「就這樣。晚安了！」

奏音用遙控器關掉電燈，以單薄的棉被蒙住頭，猛然躺到被褥上。

等等，妳不要扔出炸彈級的發言就躲起來啊！

不過奏音大概不會從被窩探頭出來了。

話雖如此，我也沒有勇氣主動追問她——

我沒別的辦法，只好離開變暗的客廳，移動至廚房。

臉頰感到炙熱，不只是因為今晚的悶熱。

為了降溫，我從冰箱取出寶特瓶裝的水，倒進杯子，一口氣喝乾。

「呼……」

雖然只是喝了口水，思緒稍微鎮定下來了。

奏音究竟是懷著何種意圖才那樣講……

表兄妹可以結婚——

我確實有這樣的知識，但是不曾把奏音視為這種對象。

反過來說，奏音心裡這樣看待我？

…………真的假的？

在我這個年齡層當然已經有人結婚了，結婚這件事一點都不稀奇……

不過奏音還是高中生啊。

『那個……當然要先看和哥的意願，不過……畢業之後我還是能幫和哥做飯喔……』

這時我突然回憶起奏音對我說過的話。

當時奏音同樣立刻跑了出去，我無法追問她的意圖。

不過連同她剛才說的話一併思考，該不會和當時的那句話彼此相關——？

一回想起來，我突然覺得很害臊。

不過，結婚啊…………

我一直覺得那種事與我無緣，所以從未認真考慮過。

假使我和誰結婚了，那也不是終點。

只是開啟新的日常生活罷了。

能與這個對象長久共度往後的日常生活，要先有這樣的對象才會考慮結婚……

從這個角度來想，和奏音一起生活至今，她也了解日常生活中毫無矯飾的我，家事也堪稱萬能，而且和她相處很輕鬆——等等，我在想什麼啊！她可是女高中生喔！

「呼～～泡澡好舒服。」

「——————！」

「我想喝點麥茶。咦？客廳的燈已經關了？小奏睡了嗎？」

陽葵走出浴室。

不過現在的我實在無法直視她的臉。

「是啊，她說今天想早點睡。」

「哇！駒村先生臉好紅喔！該不會是發燒了？」

「沒有，只是喝太醉了，不是因為發燒，嗯。」

「原來是這樣，所以才在喝水啊。」

我不需要特別找其他藉口，陽葵便自行猜測。

手上一直拿著裝水的寶特瓶真是太好了……

「我今天大概也會早點睡。陽葵明天也要打工，別太晚睡喔。」

「好～～」

我隨口搪塞，走向自己的房間。

嗯，這樣不行啊。

居然因為奏音一句話就這樣心煩意亂——

躺在床上後，身體湧現的熱依舊遲遲不消退。

隔天傍晚。

奏音不出所料睡了午覺，我叫醒她之後，搭電車去接陽葵。

順帶一提，奏音的態度一如往常，昨天的事並沒有帶到今天。

因為吃早餐時陽葵還在家裡，也有可能只是找不到機會提起那個話題。

反倒是我，異常在意奏音，就連簡單的閒聊都無法主動起頭。

不，這樣不行。

這時我得切換心情——

「和哥，到了喔。」

「啊，喔喔。」

我發呆的時候，奏音拉住我的手臂。

光是這種程度的接觸都讓我的心臟瞬間猛跳。

……我是小學生嗎？

好了，心神不寧的時期也該結束了。

接下來我要作為一個成年人好好努力。

電車門關上時，車站月台上的人已經一口氣統統消失了。走出車廂的乘客就像被吸進去般，同時走向樓梯和電扶梯。

我們移動到月台中央，在那裡等了一會兒。

早上已經告知陽葵：「我們會在車站月台等妳。」

一旦走出車站就要多付一筆電車費用，才會選擇這種形式會合。

「陽葵還沒來耶。」

聽見奏音的呢喃細語，我不由得看向時鐘。

陽葵的打工時間應該已經結束了。

還是她今天要加班？

在這種時候，我總會覺得如果陽葵也帶著智慧型手機就好了。

到了這個時代，隨時都能取得聯絡已經是理所當然，因此更讓人覺得焦躁。

不過要是陽葵從家裡把智慧型手機帶出來，恐怕馬上就會被父母發現位置，無法和我們一起生活至今吧。所以沒有手機也沒辦法。

——我才這麼想著就看到了眼熟的身影，頭髮及肩的女生從樓梯跑上來。

「不、不好意思讓兩位久等了！我和最後服務的客人合照，拖了一點時間——」

陽葵用手撐著膝蓋，上氣不接下氣地說道。

額頭也掛滿了汗水。

「妳也不必用跑的來啊。」

「因為我就是不想讓兩位等啊。況且——」

說到這裡，陽葵抬起臉露出燦爛的笑容。

「我也很期待！」

「這樣啊。」

我和奏音也跟著露出笑容。

儘管能共處的時間已經不多，心情上也完全沒必要維持低氣壓。

很好，既然這樣，今天就徹底閒晃吧。

……提起幹勁來閒晃。這句話聽起來好像有點不對勁，但就不管了。

「下一班電車馬上就要來了喔。」

乘客已經在月台上排成等候下一班電車的隊伍。

剛才明明人還很少，是什麼時候——

我們也連忙排到隊伍的最後方。

到了傍晚，購物中心依然人潮洶湧，相當熱鬧。

「嗯～～好久沒來了啊——好像也不算喔。」

「啊哈哈，真的。」

這間購物中心也成了我們熟悉的場所。

如果我一直獨自生活，鐵定不會這麼頻繁造訪這個地方吧。

想到這裡，此處在我心中應該也會成為帶有寶貴回憶的地點之一。

「接下來，我們要做什麼？」

「不是要閒晃嗎？」

「是這樣說沒錯啦～～只是在想要從哪邊開始逛。」

「先朝食品賣場的反方向前進，一定不會錯吧？」

我們走進來的出入口正好就是長條型的購物中心的中央處。

「這個嘛……就馬上從那邊的生活用品雜貨店開始逛，可以嗎？我之前來的時候就很好奇了。」

陽葵所指之處有間風格非常夢幻的店面。

店裡擺的好像都是主打年輕女生客群的雜貨。

像是小雞和海豹造型的大型玩偶、可愛的企鵝坐墊等等，還有餐具與文具，每樣都是可愛風格。

我如果是獨自一人，絕對不會進這種店吧……

應該說，就算和奏音、陽葵一起，還是會有點猶豫。

理所當然地，店內也只有女性。

「哦～～真的耶。我們去看看吧～～」

不過兩人拋下不知所措的我，馬上就走了進去。

我也沒辦法，只能跟過去。

「妳看，超誇張的。」

一走進店內，奏音就發現草莓圖樣的全套料理台組合。

木製桌面上有小小的水龍頭和瓦斯爐，下方則有可收納調理用具的抽屜，以及對開式收納櫃。

鍋子、平底鍋、砧板、菜刀和料理用具，全部都是草莓圖樣。

雖然尺寸迷你，看在四五歲的孩童眼中大概已經是有模有樣的廚房了吧。

「這個好精緻喔！超可愛的！」

「就是說啊。要是小時候家裡有這個，肯定會愛不釋手吧……」

「我懂……」

在熱烈討論的兩人身後，我不經意看向標價。

…………真的假的？

這價格……該說超乎想像嗎……

材料不是塑膠，而是木材，也是原因之一吧。

小孩子的玩具便宜的很便宜，貴的也能貴到嚇人啊——雖然我沒有小孩，但我理解到了這一點。

之後兩個人一起往牆邊移動。

「這個背包也好可愛。」

陽葵拿起一個龜殼造型的背包。

旁邊還擺了一個張嘴的鯊魚背包。

看到這種充滿創意的商品，就連我也會受到吸引。雖然我不會自己拿來用……

兩人在店內到處看，每次停下腳步便高興地喊著「好可愛、好可愛」。

年輕女生沒事就喊「好可愛」的習性，我打從高中時代就覺得不可思議。我這時突然覺得，那也許是為了徵求同意的詞彙。

在店內逛了一圈之後，陽葵緩緩取出錢包。

「嗯？要買東西嗎？」

「是的。坦白說想要的東西有很多！但也不能隨便花錢，就只買一種……」

陽葵手拿的是小雞圖樣的筷子。

「為什麼挑筷子？剛才不是看了很多東西？」

「這個很輕，帶在身上也不礙事。」

「……原來如此。」

有道理，我們才剛來購物中心沒多久。

如果一開始就買了太大的東西，帶著四處走會很累人吧。

「況且選筷子的話，每次吃飯都能回想起今天……來到這裡之後，雖然累積了很多體驗當作回憶，不過有個眼睛能看見的回憶，一定能讓我在之後也保持動力——我是這樣想的。

而且，既然難得有機會，剩下的時間，我想用可愛的筷子品嚐小奏為我做的飯。」

「啊～～那我也買吧。」

語畢，奏音拿了兔子圖樣的筷子。

色澤比陽葵選的深，還畫了櫻花，有種和風的感覺。

「嗯……這樣的話，這次我出錢吧。」

「咦！真的可以嗎？」

「哎，用不著介意。況且現在再客氣也太遲了吧。」

「既然如此——那就拜託了。」

「謝謝你，和哥。」

我接過兩人選的筷子，走向櫃台。

過去的我在購物時只是把兩人當成「同居人」——

不過，現在我也許稍微明白了父親買東西給女兒的心情。

不久後，這樣的生活就要告終了——就算沒有這個條件，我還是願意為兩人想要的東西出錢——

話雖如此，把錢遞給櫃台小姐時，自己在這種店買東西的模樣還是讓我覺得有些滑稽。

這大概是和高中女生一起行動才會有的經驗吧。

「請問您有本店的點數卡嗎？」

「不，沒有。」

「要趁這個機會辦一張嗎？」

櫃台小姐笑盈盈地問我，謎樣的焦急湧現。

在這位小姐眼中，我像是會很常來這家店的人嗎？

「不用了……」

因為我八成不會再來了。

一想到這裡就湧現些許罪惡感，不過我也無可奈何……

我們在購物中心寬敞的通道上緩緩移動。

通道上也有不少攤子，奏音和陽葵每一攤都會稍微看一下。

在飾品店，她們再次連喊「好可愛」，在賣天然石的小鋪則充滿興致地觀察石頭。

這間天然石小鋪，我也覺得滿有意思。

色彩豐富的天然石全都是自然的產物。

我突然回想起國小時有個同學會收集石頭，不過名字我想不起來了。

順帶一提，這次我們說好不逛服飾店。

就之前的經驗，我已經知道兩人挑衣服會非常花時間……

況且也沒預定要買。

我們就這麼四處移動，來到購物中心最邊緣的電子遊樂場。

兩人一邊走一邊看著並排的無數夾娃娃機。

陽葵特別注意的是動畫角色的填充玩偶，奏音的視線則被特大號的零食吸引。

我看到一對情侶想夾特大號玩偶，在心中為他們打氣，不過在即將成功時功虧一簣。

這種大玩偶，我完全不覺得自己能夾到。

大概直接用買的還比較划算。

針對「運氣好也許能便宜取得」的心理下手，還真是高明的商業手法啊。對這種奇怪的地方感到敬佩，讓我自覺到自己變成了有點扭曲的大人。

那些對這種場所不抱任何疑問，天真無邪地玩樂的人們也讓我有點羨慕。

「對了，我們一起拍吧？」

奏音的視線朝向大頭貼區。

因為那區的入口處貼了一張告示寫著「禁止純男性顧客進入」，讓我瞬間感到遲疑。

「我真的可以進去這個地方……？」

「沒問題啊。」

「有我們在，沒事沒事。」

既然兩人這樣說，應該沒問題，但還是不免有些不自在。

周遭都是年輕女生。

順帶一提，禁止純男性顧客進入的理由似乎是防範針對國高中女生的偷拍或色狼行為，或者是有些男性會為了搭訕而進入大頭貼區域——這樣的理由我之後才知道。

「好。這裡有空位，快進去吧。」

在白色機台外頭印著大尺寸的美麗女性臉龐。

還寫著「驚人的透明感」、「女生人人都可愛」等文字。

我不是女生就是了……

我在心中吐槽的時候，被奏音推進機台內。

內部也是一片白色，非常明亮。

這類機台我只用過拍證件照那種，眼前的螢幕播放著輕快的音樂，氣氛果然和拍證件照的機台截然不同。

「駒村先生，請站中間。」

「咦咦！」

「嗯，這樣拍起來比較好看。」

奏音說著用熟練的動作對著螢幕下指示。

我變得比平常老實，乖乖等待。

「好，要開始拍了喔～」

奏音和陽葵同時拉近與我的距離。

開始拍攝了。

拍攝的倒數計時聲接二連三響起，節奏之快讓我有點慌張。

兩人每次都會變換姿勢，當然我沒有那麼靈巧，只是站著不動。

不知到底拍了幾次，大概將近十次吧？

像這樣連續沐浴在閃光燈下，還是第一次的體驗。

結束後我下意識安心地吐出一口氣。

我絕對沒辦法走模特兒這一行啊……

反正一輩子也不會有這種可能性就是了。

兩人在拍攝結束後，立刻興高采烈地在螢幕上塗鴉。

哎，既然她們兩個開心，我也沒意見。

我走到外頭暫且等候，大頭貼自領取口送出。

兩人肩併著肩，一同確認印好的大頭貼。

隨後她們反覆比較大頭貼和我的臉，開始笑得肩膀不停顫抖。

「和哥……變得好可愛。」

「我可愛……？」

她們默默把大頭貼遞給我，我定睛一看，上頭有個雖然是我卻又陌生的男子。

我不由得乾笑。

原來光是眼睛修過，看起來就會判若兩人啊……

還有嘴唇的血色也異常紅潤。

一直看會有種尷尬的感覺，我立刻還給兩人。

但是沒過多久，一份大頭貼傳到我這邊。

「來，這是駒村先生的份。」

陽葵剪裁了大頭貼之後遞給我。

我再次看向大頭貼，依舊令人害臊……

話說，這個要怎麼保管才好？

我真想問問世界上有女友的男性們，拍好的大頭貼都怎麼處置？

好一段時間，奏音和陽葵眉開眼笑地看著大頭貼。

「仔細想想，這還是頭一次三個人一起拍照。」

「聽妳這樣說，還真的是這樣。」

「啊～～……因為我討厭拍照啊……」

我從小就討厭看照片中的自己。

在學校拍的班級團體照，我看起來總是板著臉。

就連上次去露營也沒拍照。

……不過，現在我才有點後悔，當時能拍個幾張就好了。

絕對不是為了留下兩人穿泳裝的身影（對此強烈否認）。

我以前總是認為體驗過的事情只要自己記得就夠了，但記憶這種東西會慢慢變淡。

不管那是多麼驚天動地的大事。

事實上，奏音和陽葵剛來我家的那一天發生了什麼事，我已經無法清楚細數了。

雖然交談的內容和氣氛大致記得，隨著時間流逝，這些在我腦中肯定會漸漸被修飾成美好的回憶吧。

就像大頭貼上用機器「美化」過的臉。

「哎，一看就知道和哥不怎麼擅長拍這種東西。」

「真是不好意思喔。」

「不過還是願意陪我們一起拍，我很高興。」

奏音對我露出率真的笑容，神色看起來非常滿足。

今天的晚餐，我決定奢侈一點，走進自助式涮涮鍋餐廳。

每次外食我們總會選全無一致性的菜色，不過這次我們一開始就決定好要吃什麼了。

我們的意見自然也該協調一致——

「最基本的昆布湯頭是一定要的吧，另一個是口感溫順的豆乳。就這樣決定了。」

「不，清爽的柚子湯頭和口味濃郁的壽喜燒高湯比較好，用相反的口味增添層次。」

「這種時候不是應該選期間限定的豬骨湯頭嗎？再來就是雞骨高湯吧。這樣不只能同時吃到豬和雞，再選牛肉的話就一石三鳥了。」

因為能選擇湯頭的種類，三人的意見嚴重分歧。

嗜好無論如何就是不合啊……

討論下去也只會是平行線，所以決定採取公平的猜拳。

最後結果是奏音的豆乳湯頭和陽葵的柚子湯頭。

結果讓我有點不甘心……

哎，不過涮涮鍋的肉相當美味，這股不甘心馬上就飛到九霄雲外。

因為這間是吃到飽餐廳，奏音的食量非常誇張。

原來一旦失去名為自制的枷鎖，奏音能吃這麼多啊……

裝涮涮鍋用肉片的容器原本高高疊起，現在接連變成空盒。

馬上叫來店員，點更多肉。

「也得吃蔬菜才行。」

將大量蔬菜類丟入鍋裡，轉眼間便與肉一起消失無蹤。

此外也不忘補充麵類、飯類等碳水化合物。

我和陽葵看到大量食物迅速被裝進那嬌小的身軀，嚇到愣了好半晌。

「我啊，以前在家裡的樂趣就只有吃東西。該說是沒有其他娛樂吧……」

奏音突兀地如此說道是在品嚐到甜點霜淇淋時。

順帶一提，陽葵的甜點是法式千層酥，而我的是抹茶蛋糕。

因為是吃到飽餐廳，蛋糕的味道該說是馬馬虎虎吧。

「這樣啊……所以才變得很能吃嗎？」

「嗯，算是吧……」

奏音的驚人胃口原來有她的理由。

「話說回來，小奏吃這麼多，可是完全不會胖耶。好羨慕……」

我也這麼覺得。

在家裡好像也沒有特別運動。

難道是代謝速度非常快嗎？

「嗯～～是為什麼呢？因為體育課的時候會全力運動嗎？」

「如果這樣就能瘦下來，全國的女高中生都會認真上體育課吧……」

「另外就是快遲到的時候，會從車站全力跑到學校吧？」

「但是那也不是每天吧？」

「其實不會啊，差點遲到的日子還不少——啊。」

「『啊』是什麼意思？這件事我還是第一次知道！」

「哎呀，駒村先生，現、現在還是暑假……」

陽葵這句話讓我倒抽一口氣。

「平常早點出門啊」這句話差點衝出喉嚨，不過我驚覺我已經沒必要說這句話了。

因為奏音待在我家的時間只到暑假結束為止——

「總、總之，時間太趕也不好，要記得改。」

「……知道了～～」

明明挨罵了，奏音的表情看起來卻有點開心。

我們搭上回程的電車時，已經入夜許久。

雖然沒有特別的理由，我並不討厭仲夏夜的悶熱空氣。

「今天真的好開心。」

乘著搖晃的電車，陽葵輕聲呢喃。

「嗯……我也是。」

奏音靜靜地點頭。

沒有明確的目的，真的只是到處亂逛而已。

然而心頭卻有種確實有所成就的滿足感。

同時也有一股這段時間即將結束的寂寥。

有點類似國小時一直玩到天色變暗，捨不得回家的那種心情。

日後我肯定會不時拿收在錢包的大頭貼出來看，回憶起今天發生的種種吧——

凝視著車窗外的萬家燈火往後方流動，我這麼想著。

第8話　離職與女高中生

※　※　※

「路上小心喵！」

陽葵開朗的聲音在女僕咖啡廳「擬人化貓咪咖啡廳·毛茸茸」響起。

面帶笑容送走客人之後，陽葵環顧已經沒有其他人的店內。

「正好也沒其他客人了。」

「駒村小姐，要下班了吧？」

「是的。」

女僕們聚集到陽葵身旁。

大家都知道陽葵只打工到今天。

陽葵一一看過眾人的臉龐。

所有人都比陽葵年長，時時關心著年紀最輕的陽葵。

也包括今天沒有排班的女僕們，所有人。

這裡沒有女性較多的職場上常見的尖銳氣氛，對陽葵而言，這間咖啡廳真的是很舒適的職場。

也因此，陽葵感到寂寞。

「那個，一直以來真的受到大家很多照顧。」

陽葵深深低下頭，大家也對她投以寂寞的眼神。

「在新家那邊也要多保重喔。」

「有機會來這邊的時候，記得光顧喔。」

「好的，到時候我一定會來一趟！」

「還有，這是我們要送妳的。」

「咦──？」

陽葵接過的禮物是包在可愛包裝紙裡頭的餅乾，以及一張小小的簽名板。

在簽名板上，所有打工同伴都留下了一句話。

意料之外的餞別，感激之情頓時占滿了陽葵的心頭。

「啊……真的很謝謝大家……」

「好了，不哭不哭。會連我們都跟著想哭啊。」

「就是說啊，我們還沒下班，我可不想等一下紅著眼睛服務客人。」

眾人笑著拍她的肩膀，但她還是忍不住落淚。

就在這時，告知顧客上門的鈴聲響起。

「啊，有客人來了。」

「那就這樣嘍……」

「好的，真的非常謝謝大家。」

陽葵擦著淚水，躲進後場。

這時，她與站在廚房的高塔對上視線。

「……辛苦了。」

「嗯。高塔先生，這段時間真的非常謝謝你。」

雖然眼中景物還因淚水而模糊，她還是看見高塔臉上溫柔的笑容。

有生以來第一個對她告白的人。

雖然陽葵無法回應那份心意——

儘管如此，他的好感仍舊單純令人開心。

讓陽葵學到了從未體驗過的感情。

「那個……我最後可以問一個問題嗎？」

「嗯？怎樣？」

「為什麼，那個……在我拒絕之後，還是對我那麼溫柔……？」

陽葵一直覺得不可思議。

因為她看過許多故事中，人在告白遭到拒絕後，可能會因為「為什麼不願意接受」而將過去的感情轉變為憤怒；或是遭到拒絕就傷心欲絕，無法再次正眼看對方的臉；甚而陷入低潮，覺得「一切都無所謂了」。

陽葵過去沒有戀愛經驗，也沒有關係親密得可以聊戀愛話題的朋友，因此她從創作故事中感覺到「現實感」。

然後當她藉此想像自己站上同樣立場時會有的反應，覺得自己肯定會像在創作故事中看到的那樣哀傷，就連見到面都覺得難受——

但是高塔並非如此。

他一如往常地對待陽葵。

高塔有些傷腦筋似的搔了搔臉頰後，小聲呢喃：

「……因為喜歡啊。」

他的回答很單純。

正因為單純，陽葵不禁覺得他很成熟。

「這樣啊……」

雖然不知該如何用言語表達，這樣的人說喜歡自己讓陽葵覺得很開心。

「蛋包飯和義大利麵，麻煩了～～」

因為接到點餐，剛才的氣氛瞬間一掃而空。

高塔以熟練的動作從冰箱取出蛋，同時對陽葵說：

「就這樣了，保重。」

「……好的。」

陽葵真心誠意地低頭行禮，回到休息室。

在休息室，店長中臣已經展開雙臂等候陽葵到來。

「小葵～～」

「是的，哇呀！」

中臣突然抱住了她。

他雖然是嗓音低沉的男性，外表和內心卻完全是成熟的女性，讓陽葵在各方面都心跳加快。

「店、店長！」

「還是覺得好寂寞喔，小葵居然要離職～～」

「嗚～～……對不起……」

「不過這也是沒辦法的事嘛。」

中臣鬆手放開陽葵，拿起擺在桌上的信封遞給陽葵並說：「來，給妳。」

「這是最後的薪資，至今真的辛苦了。」

「啊……謝謝店長。」

接下的信封感覺沉甸甸的。

恐怕不只是因為裡頭裝了不少硬幣。

「因為我們店裡希望領現金的只有小葵，從下個月就不用再把錢裝進信封了。」

「原來是我讓您多了這道手續，不好意思……」

「不會不會。反倒是直接看到錢，讓我更提起了幹勁，覺得自己也該好好努力，讓客人來到這間店能更盡興而歸。」

「店長……」

第一次打工是在這裡真是太好了，遇到這位店長真是太好了。陽葵由衷這麼認為。

「我真的很喜歡這家店……真的非常謝謝您。」

眼淚再度不由自主地溢出。

不過她無論如何都無法止住淚水。

「哎呀，嘴巴還真甜。」

中臣把手擺到陽葵頭上，溫柔地撫著她的頭。

咖啡廳的後門。

感應式照明捕捉到陽葵的存在，亮晃晃地照出她的身影。

陽葵在該處站了好一段時間，默默凝視著灰色的出入口。

經過十秒左右，燈光熄滅。

四下無人的寂靜中，陽葵對著咖啡廳彎腰行禮。

低下頭的這段時間，在心中一次又一次道謝。

她緩緩抬起頭，在最後要將之烙印於眼底似的看向眼前的建築，最後終於轉身離去。

和今天前來打工時相比，回程時身上的行李變多了。

不過每一樣都溫暖得教人開心，陽葵一點也不覺得重。

這條通勤時的必經之路，今天是最後一次經過了。

（今天也是最後一次看到這景色了吧……）

陽葵依依不捨地踩著緩慢的步伐，最後還是抵達了車站前。

就在車站前方，眼熟的人影站在那裡。

「咦？駒村先生……！」

陽葵不假思索便跑向那道身影。

和輝好像也注意到陽葵靠近，稍微舉起手。

「嗨，陽葵。」

「你怎麼會跑來這裡？」

「我來接妳啊。今天能離開公司的時間剛好比妳打工下班時間早一點。」

出乎意料的這句話讓陽葵睜圓眼睛。

不過，心裡欣喜萬分。

陽葵的身子頓時發熱。

「最後一天打工，感覺怎麼樣？」

「大家給了我很多東西。」

陽葵稍微提起行李給和輝看，和輝的眼神變得柔和。

「這樣啊……辛苦了。」

雖然只是平凡無奇的一句話，但是聽和輝這麼說，欣喜也隨之增加數倍。

「好啦，早點回去吧。奏音說今天會準備比平常更豪華的晚餐喔。剛才她傳了訊息這樣講。」

「咦?是喔!那我們得早點回去……!」

兩人便一起走進車站。

走下電車後,兩人並肩踏上歸途。

從車站到和輝住的公寓,徒步大約需要將近二十分鐘。

陽葵剛開始打工時為了避免迷路,途中總是會提高注意力,時時確認周遭狀況,不過現在路上的風景也已經司空見慣了。

和輝說過:「因為我家那邊離車站很遠,附近也什麼都沒有,房租比較便宜。」

為了日後自己要獨自生活的可能性,陽葵覺得應該好好記住和輝說的話。

車站前雖然便利,房租想必也比較貴吧。

要選擇便利性還是錢——也許會是讓人相當猶豫的問題。

當兩人越來越靠近和輝住的公寓所在的住宅區,路上行人也越來越少。

在四周不再有其他人影時,和輝突然呢喃道:

「其實……我有件事必須對妳道歉。」

「咦!」

因為太過突然，陽葵大吃一驚。

難道有什麼事情讓和輝非道歉不可嗎？

陽葵試著回想，但是在記憶中遍尋不著。

既然如此，原因八成在陽葵的認知之外——

該不會是不小心刪除了插畫的檔案？

那樣確實會讓陽葵很受打擊，不過那畢竟是和輝的筆記型電腦——這樣的猜測浮現在陽葵的腦海時，和輝依舊面朝前方，揚起嘴角。

「之前我有點嫉妒妳的才華。」

「…………咦？」

這句話完全超乎陽葵的想像。

嫉妒——

這樣的字眼來自自己抱持好感的對象，讓陽葵有種複雜的心情。

不過更強烈的感情還是困惑，搞不懂和輝突然這麼說的理由。

（啊，回想起來……）

唯獨一件事讓她有點頭緒。

那是當晄輝來到家裡，陽葵與和輝外出「假約會」的時候。

『我聽友梨小姐說過，駒村先生好像從國小就一直在練柔道吧？』

『我沒有一直練。我——在中途放棄了。半途而廢。』

那時候的和輝臉上雖然掛著笑容，看在陽葵眼中似乎非常難受。

所以她沒辦法繼續追問下去。

和輝沒有注意到陽葵的眉梢往下垂，視線固定向前，繼續說：

「妳應該知道我以前練過柔道吧？」

「是的……」

「我從小就開始練，而且練得很認真。」

這部分陽葵也知道。

不過他放棄了。

陽葵不知道理由。

大概是因為懷念，和輝的表情稍微變柔和。

「從國小就開始練，在國中和高中的社團活動也理所當然選了柔道社。不過儘管我練了那麼久，卻一次也沒當上主將，比賽的勝率也很糟。

就算這樣，只要繼續努力，總有一天會改變——我原本這麼想。夢想著有朝一日我會變強，比賽也能連戰連勝……

也因此，當我發現自己身上毫無『特別』之處，當我發現自己只是個凡夫俗子——要承認這件事，真的很讓人不甘心，也很空虛。」

和輝的口吻平淡而不帶感情。

一直到能如此陳述自己的心境，究竟花了多少時間呢——

陽葵這麼聽著，不禁有這樣的想法。

「我一直想藉著柔道成為特別的人，不過我辦不到。所以看到陽葵憑著自己的力量不斷向前，心裡忍不住有點嫉妒。但是我的過去和陽葵毫無關係啊，不好意思。」

「…………」

一陣風吹起。

隨風揚起的髮絲稍微遮蔽了陽葵的視線。

儘管聽完和輝的自白，陽葵依舊不覺得這是他非道歉不可的理由。

這種事情，其實也用不著老實說出口。

永遠藏在心裡也無所謂。

但是會忍不住坦承，就是駒村和輝這個人的個性。

在這個當下能認識他那率真又笨拙的一面，讓陽葵很開心。

「可是啊——」和輝繼續說。

「我沒辦法成為特別的人。然而，能幫上有這種潛力的人——也就是妳，我很開心。聽起來也許會覺得誇張……不過我覺得遇見妳，對我的人生是件很有意義的事。多虧妳，我覺得自己終於快要掙脫過去的束縛了。」

「我在駒村先生心目中……」

聽喜歡的對象這麼說，有人會不開心嗎？

喜悅至極。

與自己的相遇有特別的意義。聽他這麼說，竟然能讓自己如此欣喜。

「是啊，所以我真的很感謝。謝謝妳…………不妙啊，說了些不像是我會說的話，現在覺得很害臊。」

和輝伸手擋著臉，面露微笑。

他的表情比陽葵至今見過的任何笑容都更溫柔——

剎那間，胸口傳來揪緊的痛楚。

自己從來不被和輝當成對象。

無法成為他心目中的戀愛對象。

這種事她也很明白。

所以她試過壓抑自己的感情。

也曾試著放棄。

但是——終究無法抑制。

這份「喜歡」的心情止不住地從心底滿溢而出。

（我沒辦法像高塔先生那樣，一如往常地對待……）

一定是因為自己還是個孩子。

陽葵在心中苦笑。

但是，她覺得這也無所謂。

因為這就是當下的自己。

「那個，駒村先生。」

「怎、怎麼了？」

和輝顯得有點緊張。

大概是無法想像陽葵會如何回答吧。

「可以請你稍微壓低身子嗎？」

「咦？突然這麼說是要幹嘛？」

「有髒東西沾到頭上。」

「——！」

和輝短短一瞬間睜大眼睛後，神情害臊地屈膝。
陽葵先是朝著和輝的頭伸出手——
將嘴唇輕輕貼上他的臉頰。
「呃——！」
和輝有如蚱蜢般倏地往後跳開，用手按著臉頰，滿臉通紅。
「妳、妳、妳——」
「呵呵呵，騙你的。」
和輝的嘴巴像金魚一樣一開一闔。
第一次看到他如此顯露焦急的反應。
就連這樣驚慌失措的模樣，看在陽葵眼中也惹人愛憐。
陽葵也很明白和輝的心終究不會朝向現在的自己。
儘管如此——
「這點程度的事，請你網開一面。」
陽葵豎起手指，惡作劇般笑著。
「網、網開一面……啊！」
陽葵背對慌張的和輝，突然跑了起來。

「駒村先生，比賽誰先跑到家吧！」

「啥！」

「來呀，快點！今天有小奏的豪華晚餐在等著我們喔！我要拋下你了喔！」

陽葵不等和輝回答，就這麼邁步向前衝。

即使現在不被當成對象，自己總有一天會長大。

只要到時候自己在他心裡還有一點點分量——

以全身感受著溫熱的風，陽葵像是要忽視胸口的刺痛般繼續奔跑。

※　※　※

我連忙追著越跑越遠的陽葵。

為什麼奏音和陽葵都會像這樣，不管三七二十一就跑給我追啊？

這就是年輕的活力嗎……

坦白說，腦袋裡依然是一片混亂。

陽葵柔軟的嘴唇感觸一直殘留在臉頰上。

這麼一把年紀，第一次被人親吻……

我實在沒想過自己會對小孩子如此心慌意亂。

因為這段生活不久後就要結束，我確實等待著能與陽葵兩人獨處的時機。

不過，實在沒想到她會有這樣的行動。

也許我不該說那些話。

不過多虧陽葵，我才會改變想法，覺得自己不能永遠鑽牛角尖。

對於這件事，我想要正式向她道謝。

「那時候沒有說出口」——我不希望日後無法擺脫這樣的後悔。

話說回來——

對於陽葵至今為止輕描淡寫的攻勢，我過去的對應實在算不上真心誠意。

從陽葵的角度來看，應該會覺得我的反應很冷漠吧。

正因如此，我原本以為她應該已經放棄了……

不過似乎沒有這麼簡單。

…………這也是當然的。

人的心情本來就無法控制嘛。

我自己也是，至今依然搞不懂自己的心情——

這麼一想，就覺得自己實在是自私的人。

因為我是這樣自我中心的人，別人對我的好感總讓我湧現罪惡感。

話說回來，陽葵真的很有膽量啊。

像是一開始對我搭話、主動開始打工，而且……

我突然覺得陽葵這種個性肯定就是讓她不像我這般平庸，之所以「特別」的緣故吧。

回到公寓時，我已經揮汗如雨。

途中我放棄追陽葵，改用走的，不過回到公寓時，呼吸尚未恢復平順。

剛才全速奔跑的時間其實算不上多長才對……

感覺到自己的衰老，不禁有些傷心。

「晚餐就等和哥洗完澡再吃吧……」

我一回到家，奏音就對我這麼說。

我現在看起來大概非常嚇人吧。

上次流這麼多汗已經是還在練柔道的那時候了，有種懷念的心情。

順帶一提，現在陽葵正在洗澡。

根據奏音所說，陽葵一回到家就走進浴室，大概也同樣滿身大汗吧。

話說，好渴啊。

我從冰箱取出冰麥茶，一口氣喝完整整兩杯。

在浴室徹底沖洗身上汗水後，終於到了晚餐時間。

就如奏音的宣言，今天晚餐的種類和平常顯然不同。

「陽葵，打工辛苦了！為了慶祝，今天是手卷壽司派對喔！」

桌上擺著裝了醋飯的大碗和大量海苔，還排列著手卷壽司的材料。

我和陽葵目睹那個分量，嚇得愣住了。

「好、好多喔……」

「有蛋、蟹肉條、蝦子、鮭魚卵、生菜、鮪魚罐頭和小黃瓜，還有鮪魚、花枝、鮭魚、玉米跟紫蘇，另外我還準備了炸雞塊喔。」

奏音指著盤子如此說明，表情看起來真是興高采烈。

「連排骨肉都有喔。」

「嗯，因為很便宜就順便買回來了。各自夾喜歡的料，盡量捲來吃喔！美乃滋和醬油就放在這裡。」

「好～～那就馬上開動了！」

陽葵興致高昂，拿起一片海苔。

因為獨自生活時絕對不會想這樣吃，我也忘記了大人的從容，興奮不已。

「要放什麼很讓人煩惱耶。」

「這種時候就全部都放！」

「量太多了，海苔包不住啦。」

我們如此聊著，在海苔上鋪一層薄薄的醋飯。

首先就試著做做看生菜沙拉手卷吧。

生菜已經放了，接下來就是蟹肉條吧？我把手伸向夾料用的筷子，這瞬間碰到了陽葵的手。

「啊，不好意思。」

「不、不會，我才該道歉。妳先拿吧。」

「那我就不客氣了……」

…………不妙。

因為碰到她的手，甚至讓我回想起剛才被她親吻的事。

我無法直視她的臉龐。

仔細一想，回來之後也沒和陽葵正常說上幾句話——

「和哥，陽葵已經拿好了喔。」

奏音的臉突然出現在眼前，讓我不禁驚聲叫道：「唔喔！」

『聽說……表兄妹可以結婚喔。』

不妙，不要專挑這種時候回想起來啊！

「和哥？」

「啊，嗯，我只是剛好在發呆，因為有點熱嘛。」

「哎，因為剛洗好澡吧。」

因為她沒有起疑，我在心中鬆了口氣。

兩人興高采烈地拿手卷壽司的材料。

陽葵和奏音只是因為身旁的異性只有我，才會特別注意我。

所以只要這段生活結束，想必會——

我這麼想著的同時，難以名狀的謎樣感受占據了胸口某處，隱隱作痛。

那感覺近似於我在酒館看到友梨時的焦躁。

第9話　最後的假日與女高中生

能準時下班總是讓人開心。

在我的職場沒有人家說的不合理加班，算是相當有良心的企業。

相對來說，薪水也低一些就是了……

剛進公司的時候還曾經把工作帶回家處理，不過這幾年公司內部經過改革，環境已經改善許多。

只遇過一次非常恐怖的加班。

客戶的會計系統出問題而停擺——唯獨那一次，最後我趕不上末班車，只好趴在公司的辦公桌睡覺。

當時真不是普通地累人……

這些往事先放一旁，今天我順利結束工作，走出公司——

發現了眼熟的身影。

（那人影是……）

站在人行道另一側的不是別人，正是友梨。

自從她辭掉咖啡廳的打工，好久沒在這裡見到她了。

友梨凝視著手機螢幕，還沒注意到我。

不知為何，不由得緊張起來。

我先稍微深呼吸後，下定決心靠近友梨。

「啊，和輝，辛苦了。」

「那個，好久不見了。」

其實自從上次我在酒館看到她，還沒過多久時間……

「是啊，奏音和陽葵都還好嗎？」

「嗯，都很有精神。」

「是喔，太好了。開始工作後就沒空去看她們了……打工和全職工作擁有的自由時間果然完全不一樣啊。」

「已經開始工作了嗎？」

「嗯，其實從上個月底就開始了。」

「哦？駒村？」

聽見有人叫我，我轉過頭一看，磯部與佐千原小姐映入眼簾。

「看你一下班就匆匆走出公司……原來是女朋友在等啊。你也真是不容小覷耶。」
「啊欸！」
發出怪聲的是友梨。
隨後臉頰迅速變紅。
「不是啦，那個，我是，呃～～……」
「不是女朋友，只是童年玩伴。」
我代替支支吾吾的友梨回答。
其實我的心臟也撲通撲通猛跳，努力壓抑才避免慌張顯露在外。
「咦？是這樣喔。明明這麼漂亮又可愛，真是可惜——啊！好痛好痛！」
磯部突然叫道。
佐千原小姐直盯著磯部，使勁踩著他的腳。
這次確實是磯部不好。
「不好意思，駒村先生，打擾兩位了。好了啦，我們走。」
「呃～～下星期見，駒村！」
磯部被佐千原小姐拖著走，揮著手漸行漸遠。
看來主導權已經落入佐千原小姐手中了……

而且因為磯部亂說話，氣氛變得不太對勁。

我刻意清嗓子，試圖抹去這樣的氣氛。

「所以，妳今天怎麼會跑來這裡？」

「啊，對、對喔。因為我開始上班了，以後不方便把要送的東西帶來這裡，那個……」

友梨說到這裡，吸了一口氣，將手中的智慧型手機緊握在胸前。

「那個……可以交換聯絡方式嗎？」

她抬起視線如此要求，我也沒有理由拒絕。

況且我們像這樣見面好幾次了，卻還沒交換過聯絡方式，過去這樣還比較異常。

但是我——不，我們遲遲無法對彼此跨出那一小步。

我們同樣都沒有勇氣。

「這個嘛……嗯，我知道了。」

我自己都覺得這回答很笨拙。

儘管如此，友梨還是回以發自內心鬆了口氣般的安心笑容。

友梨的聯絡方式將記錄在我的智慧型手機裡。

就只是這麼單純的一件事，卻異常地讓我感到害臊。

「如果有什麼需要的東西，以後不用客氣，儘管告訴我喔。」

「謝謝妳，每次都幫了大忙。」

「還有，這是點心。我想奏音大概會很高興吧。」

友梨對我遞出了沒看過的白色紙袋。

每次伴手禮好像都從不同店家買來。

就我個人的意見，上次那個表皮酥脆的泡芙也完全沒問題就是了……

畢竟要自己走進那間店，心理障礙還是很高。

但是由我主動提出要求好像不太對。

「奏音只要有得吃就會開心吧。」

「真的是這樣。」

友梨嘻嘻笑著。

這時我們終於朝著車站邁開步伐。

「習慣新公司了嗎？」

「才剛開始沒多久，算馬馬虎虎吧。啊，對了對了，不久前，以前的同事特地齊聚幫我慶祝就職。」

「慶祝？」

「大概是兩星期前吧？其實就在這附近的酒館。不過實在抽不出時間去找你……」

毫無疑問就是那次在酒館的聚會吧。

所以說，那次不是聯誼。

不知為何，我放下了心頭上的大石頭。

嗯，就是說嘛。

友梨怎麼可能主動參加聯誼。

一直壓在心頭的陰霾就這麼輕易地消散了。

「話說回來，大家好像都很快就找到新工作了，我變成大家擔心的對象。」

友梨面露苦笑。

哎，因為她遲遲找不到工作，甚至還跑去咖啡廳打工嘛。

順利找到新工作，真是太好了。

「啊，對了，其實陽葵有東西要我轉交給妳。」

「陽葵有東西給我？」

「是啊。」

我從公事包裡取出一張A４大小的紙。

「這是陽葵畫的友梨。」

「哇……好可愛，這是我？」

「陽葵是這樣說的。」

「這樣啊……好開心。」

因為不知道何時能見到友梨，從那一天起我就天天帶到公司來。

能順利交給她真是太好了。

「我們做的事情雖然在法律上是『壞事』，但真的是『壞事』嗎——看著陽葵，我都快搞不清楚了……」

「…………」

「看她過得那麼開心，還會畫這種畫——可是在自己家卻辦不到，才離家出走……」

「是啊……不過就算這樣，我做的也絕不是『好事』。」

「嗯……我明白。」

在日本這個國家，為了維持秩序生活下去，有許多既定的規矩。

儘管如此，有些規矩在情感上難以接受。

如果這世界更加黑白分明，也許能活得更輕鬆吧，不過那也是不可能的。

因為人是同時懷有多種感情的生物。

「那個……」

「嗯？」

雖然開了口，卻又突然語塞。

應該現在告訴友梨嗎？我突然為此感到躊躇。

「怎麼了嗎？」

友梨表情納悶，歪過頭。

「沒什麼……那個，有很多事真的很謝謝妳。」

「都這麼久了，況且，是我自己喜歡這麼做。」

「喜歡」這個字眼讓我反射性地心驚。

我當然知道她不是那個意思——不，也許就是那個意思？

「之後再聯絡。」

「嗯。」

這時正好抵達車站。

因為友梨和我的月台不同，我們在此道別。

搭上電扶梯，我輕輕吐氣。

到頭來，我還是沒辦法告訴友梨。

其實奏音和陽葵不久後就要離開我家了。

……到底是為什麼？

為什麼說不出口？

我自己也無法將理由化為明確的言語。

陽葵回家的日子就在明天。

換句話說，今天就是最後的假日。

陽葵從早上一點一點整理自己的行李。

然後，最後還有一件事非做不可。

「駒村先生……拜託你了。」

吃完午餐，過了一小段時間。

陽葵站在客廳，筆直凝視著我。

背靠著沙發的我緩緩站起身。

「好，那就出發吧。」

「那個……小奏也願意一起來嗎……？」

「這還用問。」

奏音如此回答，陽葵便面露笑容。

於是我們一同走出玄關大門。

最後一件非做不可的事。

就是買齊陽葵被父母親扔掉的繪圖用具。

『我打算回家一次。不過，我想先買齊之前被爸媽扔掉的用具。雖然駒村先生已經為我買了繪圖板——但我還有很多想要的畫具。我想用自己賺的錢買，這樣一來，也許爸媽就會理解我想做的事……』

為了今天這一刻，陽葵努力打工至今。

為了將肉眼看不見的決心化為有形的用具。

「唔～～……有種靜不下心的感覺。」

搭電車時，陽葵心神不寧地好幾次撫摸包包。

希望我們一起跟來的理由，除了想要我們在旁守候，打工賺到的大筆金錢帶在身上——也是其中一個理由。

當然她並沒有全部帶在身上，不過對高中生陽葵而言算是很大一筆錢吧。

錯身而過的人身上帶著多少錢，一眼看上去當然不曉得。

但是當自己隨身帶著超過平常用量的金錢外出，總是會讓人非常緊張。

我回憶起過去為了搬家，從銀行領了一大筆錢前往不動產公司，途中我也沒來由地擔心著：「萬一有人襲擊我該怎麼辦……」

話雖如此，要是太過緊張兮兮，看起來反而很可疑。

「冷靜點，陽葵。快回想午餐的拉麵裡放了幾顆玉米。」

「咦！我怎麼可能想得起來！而且本來就沒算過啊！」

「會嗎？做了那碗麵的奏音應該記得吧？」

「怎麼可能啊！我只是隨便放一些而已！」

「是這樣喔？我那碗有42顆喔。」

「咦…………你真的數過嗎……？」

「哎，當然是亂講的。」

「和哥～～！」

「討厭啦，請不要捉弄我！」

「但是不安的感覺稍微被趕跑了吧？」

我這麼說完，兩人對看了一眼，笑了起來。

我覺得還是符合這年紀的純真笑容最適合她們兩人。

雖然這樣的情景到了明天就是最後一天了。

美術用品店位在隔了四站的地方。

店家坐落於大樓內的一角，占地相當廣，店內有種大型書店般的開闊感。

陽葵一來到店裡，馬上就雙眼閃閃發亮，開始四處挑選。

我和奏音則是在店內信步而行，等候陽葵買好東西。

光是筆的種類數量就不少。

試寫用的紙上已經畫滿了各種顏色的線條。

「我也買一枝筆好了，這看了就會忍不住想買耶。」

不知何時奏音也熱中於挑選。

由於必須抄寫筆記，文具在高中生時代還是生活的一部分。

印象中我以前預先買了大量的自動筆芯，到最後沒辦法全部用完。

不過出社會後，我發現手寫文字的機會驟減。

雖然這和我的職業也有關係就是了。

需要手寫文字的狀況頂多只有自己的住址和名字吧。

放下認真選筆的奏音不管，我前去逛其他區。

素描簿、顏料、毛筆——

數量龐大的紙張、用途不明的墨水。

不管哪一項的種類都非常豐富，讓我不由得感嘆原來世界上有這麼多種畫材。

在我一無所知的世界，有些人在製作我從未聽聞的用品。

這樣一想，在自己的人生中能接觸到的世界範圍也許非常狹小。

不經意地抬起臉，看到陽葵站在前方的櫃子前。

「啊，駒村先生。」

「怎麼樣？有找到要買的東西嗎？」

「是的。種類很多讓我很難決定呢。」

陽葵笑得開心。

她喜歡的不只是畫圖，也包含這個空間吧——那燦爛的笑容讓我頓時這麼想。

「比起我家附近的美術用品店，這裡的壓克力顏料和麥克筆的顏色種類更多，老實說讓我很難選……乾脆把全套顏色都買下來好了。不過這樣預算就……嗚～～」

陽葵呢喃說出我沒聽過的名詞後，開始煩惱。

「既然妳懂得用電腦畫圖，這類東西應該不需要這麼多吧——」

「確實，現在我主要用數位繪圖，不過我也喜歡傳統的手繪。我想吸收雙方的優點，臨機應變切換手法。」

「是、是喔。不好意思，我不懂還亂說。」
「不會。其實駒村先生說的也有道理，要買下全套顏色太貪心了，我得好好考慮。」
陽葵手摸下巴，再度開始煩惱。
我的視線瞄向她面前的彩色筆的標價牌，不禁嚇了一跳。
一枝筆就要不少錢啊……
因為我只買過一枝百圓的筆，不禁受到一點文化衝擊。
陽葵仔細思量之後，拿了幾枝放進購物籃。
她手拿的購物籃中已經放了幾樣畫具。
其中還有數本大小不同的素描簿。
這時我突然想到，這些用品被丟掉時陽葵的心情。
被扔掉的素描簿中，肯定有許多陽葵畫的作品。
雖然我不知道陽葵畫圖時懷著何種心情，但是看過她至今為止作畫時的神情，在那之中肯定或多或少灌注了她的心情吧。
這一切全都被殘酷地拋棄了——
我必須坦承，過去我對於陽葵口中「畫圖用的器具被扔掉而離家出走」這個理由，算不上百分之百能接受。

心中確實有某個角落覺得「真有到不惜離家出走的程度嗎」，這是事實。

父母不願意支持自己想做的事，因此萌生的抵抗心驅策她選擇離家出走——這才是真正的理由吧？

過去我這麼認為。

不過，現在也許我真的能理解了。

陽葵被丟掉的不是畫具。

被捨棄的其實是她的「喜愛」或「靈魂」。

被自己的父母捨棄……

那對陽葵而言，肯定非常難受又傷心吧。

忘了是在何時，我曾在電視上看過某位傳統工藝品工匠的貼身採訪。

陳舊的木造工房內陳列著許多我從未見過的道具。

那位工匠在工房中移動著說道；

『擺在這裡的，全都是我寶貴的夥伴。』

要是這些夥伴被人擅自拋棄，不管是誰都會氣憤至極吧。

更別說是自己的作品被扔掉了。

把製作傳統工藝品的工匠與陽葵混為一談也許並不正確。

但是在本質上肯定是一樣的吧。

我事到如今——真的太晚才理解了這一點。

在陽葵買完畫具之後，我們只額外買了點心就決定回家。

剩下的時間想在家裡度過——

雖然沒有人特別提起，我們的想法大概都相同。

為打造回憶而特地有所行動，這種事我們已經做過很多了。

順帶一提，點心是陽葵要求的馬卡龍。

「在我家那邊，買不到這種精緻的小點心……」

她如此說道。

我覺得最近不管哪間蛋糕店都能買到，難道不是這樣嗎？

回家之後，我們馬上開始品嚐馬卡龍。

我喜歡吃甜點，不過老實說對馬卡龍不算多麼中意。

話雖如此，也算不上討厭就是了。

大概是因為空洞鬆散的口感吧。

我喜歡的還是蛋糕那種讓人清楚感覺「吃到東西」的紮實口感。

一想到這裡，不禁湧現想吃蛋糕的念頭。

明天再去買吧……

吃完後，我們三人一起做晚餐。

我和陽葵按照奏音的指示動作。

陽葵不久前拿菜刀的姿勢還教人心驚膽跳，現在已經稍微改善了。

雖然切起來不像奏音那麼俐落，不過她有好好握起拳頭壓住食材，動作緩慢但確實。

陽葵將切好的食材放進陶鍋，我將混合完成的調味料加入其中，蓋上鍋蓋。

今天的晚餐是火鍋。

這也是兩人來到我家的隔天，奏音為我們做的晚餐。

今天的陶鍋裝的食材比那時候多。

魚丸比較多是源自奏音的喜好。

也放了在我心目中有種精緻印象的豆皮。

加熱煮熟後，將鍋中食材分裝到小盤子，端到餐桌上。

家裡還是一樣沒有卡式爐，唯獨這部分有點不方便。

不過就算買了，之後剩我一個人大概就派不上用場了……

「呵呵，今天的火鍋好豪華喔！」

「要多吃一點喔～～」

「不過吃最多的一定是奏音。」

「討厭啦！這種事……也沒錯啦……」

奏音臉頰發紅。

於是我們笑著拿起筷子。

火鍋最後剩下的湯頭用來煮烏龍麵。

心靈和身體都洋溢著暖意。

我原本以為在盛夏吃火鍋也許不太合適，不過在開著冷氣的涼爽房間內吃熱騰騰的食物感覺其實很不錯。

就類似那個吧？寒冬在溫暖的房間裡吃冰淇淋的感覺。

我們把火鍋吃到鍋底朝天，也結束了用餐後的善後收拾。

我們默默坐在沙發上。

平常奏音在這時間總會開電視，但現在電視畫面依舊一片漆黑。

「那個……」

陽葵打破了沉默。

先停頓了一次呼吸的時間，端正姿勢繼續說道：

「我能夠這麼認真地為了自己的未來和夢想努力，都是多虧有駒村先生和小奏。要我說幾次都可以，真的很謝謝兩位……」

陽葵低下頭。

明白「尾聲」真的就要到來，寂寥頓時湧現心頭。

吃完火鍋湯頭烏龍麵，隨之而來的是飽足與短暫的幸福。

如果能延續這份幸福該有多好，但現實中沒有這種好事。

這段生活的尾聲也是——

「我也同樣想道謝。幸好認識了陽葵，讓我發現自己沒有多餘的時間為過去的事情一直鑽牛角尖。」

「駒村先生……」

我想不應該用才華這個詞來解釋一切。

不過我覺得陽葵確實有才華。

同時也有朝著夢想前進，不惜努力的態度。

這樣的陽葵讓我羨慕，也一度有點嫉妒。

但是一起生活讓我感覺到的是，如此才華洋溢的陽葵終究也是一個女孩子。

也許只是理所當然的事，但是對我而言，這個發現充滿了意義。

突然間，奏音的眼淚掉個不停。

我和陽葵頓時睜大了眼睛。

「小、小奏……？」

「自從陽葵來了以後，我也思考過自己的夢想……」

說到這裡，奏音吸了吸鼻水，繼續說道：

「現在這樣的生活就是我的夢想……我家裡只有媽媽，平常聽大家聊假日和家人怎麼度過，也曾覺得羨慕——所以這是我第一次知道，原來和家人一起度過是這種感覺……」

「奏音……」

「一想到夢想中的生活真的要結束了，我就……嗚嗚～～對不起……」

陽葵抽了幾張面紙，遞給奏音。

按在奏音臉上的面紙轉瞬間就濡濕。

這樣啊……

原來奏音正在美夢成真的當下……

「嗯……我可以把自己當成小奏的家人嗎？」

聽陽葵這麼問，奏音微微笑了。

「……嗯。我覺得妳是朋友，也是家人，雖然也許只是我一廂情願。」

「不會，我很開心，非常開心。」

兩人先是凝視著彼此，隨後緊緊相擁。

但是過了一段時間似乎害羞之情湧現，她們再次互看，掩飾害羞般「呵呵」笑著。

「家人啊……我當然是哥哥吧？」

「嗯～～算是哥哥兼爸爸吧？」

「等等，妳平常都叫我『和哥』，這樣太過分了吧！」

「這是兩回事。」

「我都還沒結婚就突然變爸爸了……」

而且還是高中生的女兒。

確實我有時會有種父親般的感受，不過心情上大多時候還是監護人立場的兄長。

「嗯～～就這個年紀來說，和哥真的特別老成吧？沒有那種青春洋溢的感覺嘛。」

「的確如此……我在打工時服務過許多男客人，駒村先生給人的感覺確實特別沉穩。」

「意思是我已經像個老人了嗎！」

「不過這就是和哥的優點啊。」

「就是說啊。」

「唔…………」

一句話也無法反駁，有種敗北的感覺……

要在嘴上講贏女性，我可能不管年齡差距多少都沒有勝算。

「好啦，感傷時段結束了。」

像是要切換心情般，奏音拍響手掌。

最後其實是整我的時段吧。

鼻頭依舊泛紅的奏音開始鋪被褥。

「要睡了嗎？」

「還沒有。」

奏音如此說著，在旁邊鋪了陽葵的被褥。

她沒有就這麼鑽進被窩，而是在自己的書包裡頭翻找。

「嗯～～我記得放在這裡才對——有了。」

奏音手中握著ＵＮＯ。

「咦……為什麼現在要玩ＵＮＯ？」

「呃～～這個嘛……」

奏音用手指搔著臉頰，有點害臊地挪開視線。

「剛來這裡的時候，因為與和哥也很久沒見了，我想說，要是沒話題能聊，就先玩這個試試看……還記得嗎？以前到和哥家的時候玩過啊，和晄哥一起。」

聽奏音這麼說，我努力追溯過往的記憶。

仔細一想，很久以前的確玩過……

記憶中，那時我也不曉得怎麼與年紀有段差距的奏音交流，是由晄輝主動提起的。

「不過那天陽葵突然來了，這個就沒派上用場。原本想說之後拿出來玩個一次也不錯，但是……」

「該不會妳完全忘了它的存在？」

「嗯……」

原來奏音來到我家之前，擔心著這種事啊。

話雖如此，當天的她好像一直板著臉……

不過，原來UNO是為了與我拉近距離才特地帶來的。

奏音出乎意料地也有可愛的一面嘛。

「話說回來，妳居然買了UNO啊。」

「啊～～在學校有段時期很流行在下課時間玩。在教室裡分成好幾桌，大家都在玩。」

「回想起來，我國中的時候也有段時期流行在下課時間玩撲克牌。」

發現儘管時代不同，每間學校都有相似之處，讓我有點開心。

「坐在被褥上玩ＵＮＯ，感覺就像校外教學，好像很好玩。」

「其實這也是我的用意之一。」

奏音這麼說著，將整疊ＵＮＯ洗牌，擺在有些起伏的被褥上。

好像校外教學啊……

嗯，這感覺很不錯。

總比在感傷的氣氛中上床睡覺要好上太多了。

「來吧～～我可不會輸。」

「正合我意。」

「這和實力無關喔，一切都是運氣……」

牌發完了。

我和兩人的眼神認真得有如比賽。

我們面露無所畏懼的笑容，視線在半空中交錯。

第10話 離別與女高中生

鬧鐘聲打散了我剛才夢到的一切。

嗯～～好想睡……

腦袋還昏昏欲睡。

因為昨晚的UNO一直持續到今天凌晨……

贏最多次的是陽葵。

在這種場面同樣能得到幸運的眷顧，讓我不禁覺得這就是陽葵的厲害之處。

哎，因為只是UNO，我也不至於覺得不甘心就是了。

在這之後，我因為今天忘了洗澡，急急忙忙沖過澡，不過睡意也因此消失無蹤。

所以進了被窩後遲遲無法入睡——也就是我現在的狀態。

不過我並不後悔。

因為那段時間真的很愉快。

雖然只是玩遊戲，與兩人之間平凡無奇的交流都讓我笑得開懷。

三個人一起的最後一個夜晚能夠在歡笑中度過，令我單純地感到開心。

早餐是土司、煎荷包蛋與沙拉，還有洋蔥濃湯。

餐桌上理所當然般擺了番茄醬、醬油與鹽。

但是奏音突然把手伸向鹽罐。

「哇！小奏終於也要加入鹽教了嗎？」

「那什麼宗教……也不是那樣啦。只是偶爾想冒險看看，嘗試其他口味嘛。」

一扯上口味喜好，直到最後都不坦率接納啊……

「所以說，這邊用鹽，這邊用番茄醬。」

奏音用筷子將荷包蛋分成兩半，各自加上不同調味料。

「既然這樣，我也加番茄醬吧。」

陽葵也和奏音一樣，把荷包蛋分成兩半。

「沒有人要加入醬油教嗎？」

「因為醬油之前已經試過了啊。」

冷淡的回答傳入耳中……

「醬油也不是不合適，不過我吃荷包蛋還是喜歡撒鹽。」

「傳教失敗了啊……」

我如此呢喃，兩人聽了便嘻嘻笑著。

陽葵的行李比她來到這個家的時候增加了許多。

所以她好像用打工薪資買了新的包包。

新的包包上掛著柔軟的毛球鑰匙圈。

那是陽葵之前打工的女僕咖啡廳的商品「貓的毛球鑰匙圈」。

奏音也有一個相同的。

陽葵珍惜地輕撫那顆毛球後，拿起行李站到我面前。

「駒村先生，真的……真的非常謝謝你。」

「嗯。那個……要加油喔。」

「我會的。」

奏音會送陽葵到車站，但我得在此與她告別。

原因是，與陽葵老家有關係的人好像會來車站接她。

因為奏音再三叮嚀，要我絕對不能跟去，我也決定乖乖聽她的話。

坦白說，送行完全交給高中女生讓我心裡忐忑不安。

不過，不管陽葵多麼感謝我，目前的法律終究不會允許我的所作所為——

「就這點來說，我們是共犯。」奏音這麼說，但是這部分的責任輕重還是會隨年齡而改變。

話雖如此，若問我有沒有覺悟接受法律制裁，我沒有。

況且我也不曉得那個當下把陽葵帶去警察局，這樣的選擇對她而言是否真的幸福——

「駒村先生。」

當我即將溺於思緒之海時，陽葵的呼喚把我拉回岸上。

「拜託了，希望你不要因為讓我住進這個家而耿耿於懷。這個要求也許是強人所難……但駒村先生在那一天只是開始和表妹小奏一起生活，對外就請你當成這麼單純的一件事。」

「妳的意思是——」

「那一天，來到公寓的就只有小奏一個人。」

陽葵堅定的眼神讓我無法再多說什麼。

「所以，兩位別露出這種表情。」

雖然我不知道現在自己是什麼表情，想必是會讓陽葵這麼說的表情吧。

「就算這樣，我也不會忘記陽葵。絕對不會忘記。」

「是啊，我也絕對不會忘記。」

怎麼可能忘記。

三個人一起度過的這三個月，在我至今的人生中格外色彩鮮豔。

「我真的對很多人造成了麻煩……首先得回去讓很多人罵。在這之後，在這之後——」

陽葵使勁抹去浮現於眼眶的淚水，笑了笑。

「為了我無法放棄的夢想而努力！」

陽葵當下的笑容有種不可思議的魅力，好像能讓我也得到活力。

不諳世事。

有點笨手笨腳。

但是對自己想做的事非常頑固。

這樣普通的女孩，直到最後都純粹而率真。

「嗯，我會為妳打氣。」

「好的。」

「自己小心。」

「我會的。」

「…………」

「…………」

依依不捨。

這樣的心情肯定彼此都相同。

不過她也知道不能就這麼一直杵在原地。

陽葵像是下定決心般，先是垂下視線——

「……再見。」

最後陽葵淺淺一笑，與奏音一同走出大門。

在玄關大門關上之後，我呆站在原處好一陣子。

充滿房間的寂靜令我的胸口隱隱作痛。

※　※　※

以曆法來看似乎已經是秋天，不過八月中的白天依舊酷熱。

奏音和陽葵盡可能走在陰影處，前往車站。

兩人沉默了好半晌，炎熱的天氣可能也是原因之一。

突然間，奏音停下腳步。

陽葵轉身一看，發現奏音正看著自動販賣機。

「要買點東西去嗎？補充水分也很重要喔。」

「嗯，就這樣吧。」

兩人同樣選了包裝上寫著「補充鹽分」的寶特瓶飲料。

冰涼的寶特瓶摸起來很舒服。

「啊～～活過來了。」

奏音把寶特瓶按在頸側。

陽葵也跟著模仿，不過超乎想像的冰涼讓她不由得驚叫：「呀啊！」

「啊哈哈！要是貼太久，飲料也會變溫喔，快喝吧。」

打開蓋子，奏音和陽葵都一口氣喝了三分之一。

陽葵維持瓶子就口的姿勢，掃視周遭。

安靜的住宅區一角。

毫無特別之處的風景，在日本各處大概都能找到好幾個相似的地方。

不過這平凡無奇的情景，對現在的陽葵也有了特別的意義。

就連在自動販賣機前方喝寶特瓶裝飲料這樣的行動也不例外。

「小奏。」

「嗯？」

「到最後駒村先生還是沒把我當一回事。」

「咦…………」

陽葵突如其來的一句話讓奏音睜圓了眼睛。

「不過，明知如此我還是喜歡；雖然傷心，但現在還是喜歡。」

在這個當下，陽葵很能明白高塔的心情。

不管多麼痛苦、多麼悲傷、多麼寂寞，這份心情也不會輕易消失。

「所以，小奏要加油喔。」

「……我也一樣。」

「咦？」

「我大概也一樣，和哥不會那樣看待我。」

奏音帶著寂寞的笑容，呢喃說道。

「小奏……」

「不過啊，同時我也這樣想：那是因為我們現在還是高中生——那麼等到『現在』過去之後，也許還很難說。」

說到這裡，奏音抿脣一笑，對陽葵伸出一根手指。

「所以陽葵也好好加油。」

「可是……我……」

「嗯～～……我不太知道該怎麼說啦。不過就算現在不行，未來會怎樣還很難說啊。」

「咦——？」

「因為人的想法不知道什麼時候會變嘛。其實我們高中的老師之中，也有人和以前的學生結婚喔。」

「咦——！這是什麼超有趣的設定！」

「現在不是打開御宅開關的時候吧！總之我的意思是，和哥在乎的年齡差距，也許不久後就會變得無關緊要。」

聽到奏音這麼說，陽葵的眼神中湧現了活力。

「對喔……這樣說也對……沒有人知道未來會怎麼演變嘛……」

「就是這樣。假設和哥交了女朋友，也有可能很快就分手了啊。和哥又不習慣跟女性相處，應該很快就會把人家氣跑。」

奏音對和輝的辛辣評價讓陽葵不禁苦笑。

不過，她也覺得能理解奏音的意見。

「所以，我覺得也不用因此過度消沉啦。」

「小奏真是堅強……」

「才沒有，其實我一邊講一邊受到沉重的打擊喔。」

陽葵呵呵笑道。

在自己離開之後，只剩奏音與和輝兩人一起生活到暑假結束。

自己對此有種鬱悶的心情，這是事實。

不過聽了剛才奏音這番話，那股陰霾也轉淡了。

雖然並非完全消失。

但陽葵再度湧現了這樣的感想：

和奏音喜歡上同一個人，也許是件好事。

假使明明沒有機會，一起生活時卻處於單方面受她聲援的立場。

或者是反過來被她勸告「還是放棄吧」的立場——

這些情境大概都遠比現在更加難以消受吧。

來到車站前方，陽葵輕聲驚呼。

奏音馬上就明白了理由。

因為她發現了美實的身影。

上次陽葵見到美實時，已經告知美實回家的日期。

因為美實說「那天我會來接妳」，便約好中午在車站碰面。

陽葵拔腿跑向美實。

她身旁沒有陽葵父母親的身影。

看來美實真的沒告訴任何人找到陽葵這件事。

奏音在一段距離外稍微低下頭行禮。

因為上次沒有詳細說明就逕自離開，奏音覺得對方對自己的印象肯定不太好。

不過美實的表情比想像中柔和。

「謝謝妳這段時間照顧櫻花。」

美實見到奏音走過來，有禮地低下頭。

「啊，不會……」

「上次我聽櫻花說了不少……櫻花在妳那邊似乎生活得很自由自在……」

美實表情顯得安心，但笑容帶著一抹寂寞。

奏音看向陽葵，陽葵默默地點頭。

「不過……以後最好不要再做這種事了，這也是為了妳自己好……」

美實口中的「這種事」，指的就是把在網路上認識的人帶回自己家吧。

這些都是奏音的謊言，但是為了和輝，事到如今她也不打算更正。

「……我知道了。」

美實沒有多說什麼。

她大概已經從陽葵口中聽說了奏音的家庭問題吧。

「那麼，我們回去吧……櫻花。」

美實如此催促後，陽葵緊緊握住奏音的手。

「小奏。」

「嗯。」

「……謝謝妳。」

「我才該道謝。」

「要保重喔。」

「陽葵也是。」

「還有那個——」

淚水很快就盈滿陽葵的眼眶。

「好了啦。」

奏音面露苦笑，把手輕輕擺到陽葵的頭上。

來到這裡之前，想對彼此說的話都已經說完了。

再繼續下去，只是徒增離別的不捨。

「要加油喔。」

「嗯。小奏也要加油喔。」

陽葵鬆手放開奏音，與美實一同走進車站。

奏音好一段時間就只是愣愣地站在原處。

不久，電車駛入車站。

豔陽高照下，奏音一直注視著電車，直到電車離開她的視野。

※　※　※

只有我和奏音的日常生活非常安靜。

雖說安靜，生活中的閒話家常並沒有少。

不過，總覺得似乎少了什麼。

不過這也是原本該有的狀態吧——

我真沒想過，少了一個人居然會變得這麼安靜。

「路上小心。」

儘管如此，早上出門時有人送行還是讓人高興。

不過再過不久，這句話也會從我的生活中消失。

下班時，久違地買了蛋糕回家。

一個人生活單純只是為了自己享受而買，現在還多出了看奏音開心的表情這項樂趣。

「家裡有個人」這件事在這種購物上也會有影響啊。

有些人總是不忘買伴手禮，自從和兩人一起生活後，我才明白那種心情。

「你回來啦～～……啊，這是蛋糕盒嘛！好耶！」

看到一如想像中的純真反應，我自然露出微笑。

「要先吃飯喔。」

「我知道啦。」

話雖如此，奏音的視線依舊不離蛋糕盒。

我覺得只要一個不注意就會被她偷吃，於是馬上把蛋糕放進冰箱。

「不要用那種怨恨的眼神看我。話說，今天晚餐吃什麼？」

「今天的晚餐是——奶油義大利麵喔。」

奏音惡作劇般笑了笑，讓我胸口不由得一陣騷動。

「啊，你剛才有點心跳加速吧？」

「……我沒有。」

「咦～～真的嗎～～？」

「就說沒有啊。我先去洗澡了。」

「呿，知道啦～～」

有點危險。

我連忙走進盥洗室，迎接我的是鏡中紅著臉的自己。

『這樣一來，每次你做奶油義大利麵就會想起我吧？』

…………

奏音的計謀奏效了啊。

也許我已經無法心平氣和地看待奶油義大利麵這個名詞了……

奏音會這樣捉弄我，但是氣氛不同於以往。

話語中感覺不到以往的「認真」。

因為陽葵離開了，我還以為她會更積極地向我進攻——等等，這樣說不就好像是我其實暗自期待嗎！

不對，我絕對沒有期待這種發展。

……等等，我是在對誰解釋？

看著鏡中神情慌張的自己，我稍微恢復冷靜。

我一面脫衣服，還是不由得思考——

話雖如此，奏音看起來也不像是完全放棄我了……

不，也許這才是我的誤會？

嗯～……

女人心真是海底針……

早上出門上班，晚上吃奏音做的飯。

一起去超市買東西，一起看電視而歡笑。

這樣普通的生活單純地過了兩星期。

假日我曾問過「想去什麼地方嗎」，但奏音回答：「天氣太熱了，哪裡都不想去～～」

我不知道那是不是真心話。

但就如奏音所說，她真的一點也不打算去任何地方。

『現在這樣的生活就是我的夢想……』

我突然回想起奏音這句話。

也許奏音不願意從夢中醒來吧。

這只是我自己的猜測就是了。

因為我也有種錯覺，只要待在家裡也許就會等到陽葵打工下班，說著「我回來了～」走進家門。

於是不久後，奏音回家的日子也到了。

吃完早餐，奏音也和陽葵一樣，在包包中塞滿了自己的行李，站在玄關處。

「謝謝你的照顧。」

「幹嘛啦，這麼見外。」

見到奏音低頭行禮，我覺得有些不自在。

「哎呀，我想說還是該鄭重道謝嘛……」

我覺得這就是奏音的個性和她給人的印象，兩者間有落差的部分。

也許該說個性比想像中更一板一眼吧。

「我才受到奏音很多照顧，真的很感謝妳。」

「呵呵呵，就算我不在這裡，也要好好自炊和打掃喔。」
「我會啦。奏音才該注意，一定要交作業喔。」
「知道啦～～」
這回答聽起來像是知道了嗎？
「還有喔，平常提早一點出門才不會遲到。」
「……是～～」
「不要吃太多零食。」
「哎，我盡量……」
「讀書也要努力。」
「這個剛才講過了吧？」
「剛才說的是暑假作業。」
「嗚喔……」
「除此之外——」
「還沒完喔？」
「沒有啦，和阿姨要好好相處喔。」
「…………嗯，我知道。」

短暫的空檔後，奏音對我露出柔和的笑容。

見到她的笑臉，我放心了。

現在的奏音大概沒問題了吧。

她應該能清楚對阿姨表達自己的希望。

「和哥。」

「怎樣？」

奏音停頓了一次呼吸的時間，壓低視線。

不過她像是下定了決心，馬上又抬起臉。

「我還可以再來玩嗎？」

「當然啊。」

「是喔。太好了。」

「因為妳是我表妹嘛。」

「嗯。」

見到奏音的微笑，許許多多的感情與記憶頓時在我心中打轉。

不知所措的回憶。

有趣的體驗。

害臊的經驗。

開心的事情。

以及湧現心頭的寂寞。

為了免於被感情的驚濤駭浪所吞噬，我一面搔著頭，接過奏音的行李。

「幫妳拿到車站。」

「……謝謝。」

我們一同走出玄關。

自公寓望見的天空一碧如洗。

第11話 無人的房間與我

起床之後，我會先打開電視再洗臉。
房間內只有電視聲響和水龍頭的水聲，感覺分外靜謐——這種感想已經湧現好幾次了。
今天的早餐是烤土司。
難得額外加了生菜沙拉。
不過這也是昨天晚上的剩菜就是了。
雖然我本來不特別喜歡吃生菜沙拉，但是稍微加上火腿、雞丁或麵包丁等，吃起來就更容易下嚥——這是我向奏音學到的。
今天的沙拉加了切碎的火腿。
打開瑪琪琳的蓋子，我不由得輕聲驚呼「糟了」。
裡頭幾乎已經全空了。
這樣就連土司的一半都塗不滿吧。
之前才想過要去超市買，結果完全忘記了。

話說回來。

兩人離開之後，我確實感受到瑪琪琳的消耗量大幅減少。

消耗量減少的不只有這項。

其他調味料——特別是奏音喜歡使用的番茄醬，在她回去之後就連從冰箱取出的機會都少之又少。

偶爾買些薯條回來試試看吧。

除此之外，去找些用得上番茄醬的菜色也許不錯。

譬如拿坡里義大利麵之類的？

其他還有什麼菜色會用到？

因為我想不到，就用網路搜尋食譜，發現了數量驚人的食譜。

除了番茄醬炒肉，還有濃湯、米飯、乾燒蝦仁等等都能用上番茄醬。原來如此……

我啃著只塗了一半瑪琪琳的土司，同時思索著其他食物。

早餐後，我探頭看向洗衣機裡面。

理所當然，裡頭只有我一人份的衣物和毛巾。

洗衣服……終究還是降到兩天一次的頻率。

因為我覺得這樣比較節省。
哎，最大的理由終究還是嫌麻煩就是了。
要是被奏音和陽葵看見，大概會被她們罵「感覺裡頭都是臭味」吧……
不過只要洗過就乾淨了，我對這方面並不在意。
平日我會在早上出門前設定洗衣機的定時開關。
在我從公司下班回家時剛好就會洗好。
假日我會直接在早上啟動洗衣機就是了。
……嗯，洗衣服還是等明天吧。
能夠順從自己心中「嫌麻煩」的惰性而過活，就是獨自一人生活的好處，同時也是壞處吧。

我在玄關穿鞋時，視線突然飄向芳香劑。
裝在透明容器中的液體已經所剩無幾。
這個也得補充才行。
在兩人來到我家之前，這種消耗品我從來沒想過要買。
不過現在玄關若少了這股清爽的芳香，感覺就好像少了什麼。

就算送貨員來按門鈴，也不用介意鞋子的臭味而大大方方打開玄關大門。

最重要的是，會覺得自己也像是個有生活品味的人。

「我出門了。」

毫無自覺地脫口而出，這才驚覺。

當然沒有任何聲音回應我。

哎，要是有回應真的很恐怖就是了……

話說回來——我掃視空無一人的房間，不禁想著：

聽不見奏音和陽葵的對話聲，我的房間真的很安靜啊。

來到車站，搭上電車經過轉乘前往我的老家。

我記得上次阿姨來的時候，老爸說過媽已經快要出院了，不過在那之後還沒接到老家的聯絡。

哎，其實住院的時候也沒聯絡我……

大概是不想讓我擔心吧。

我問了晄輝，他回答我：「好像已經出院了喔～」因此我想在今天回老家看看。

畢竟經過住院生活，好久沒見到的媽媽看起來顯然消瘦不少。

話雖如此，現在已經完全恢復活力了。

和我以前住在老家時一樣，媽一如往常般做著家事。

表情十分開朗，在廚房忙進忙出的步伐也輕快。

「和輝，你聽我說喔～你爸爸啊，在我不在家裡那段時間，完全沒有刷過馬桶喔。馬桶都長出黑垢了，刷起來有夠累人的！」

「是、是喔……」

我在客廳喝咖啡時，媽笑著這麼揭發。

老爸只是一面苦笑一面讀著報紙。

看來這話題已經提起好幾次了。

老爸也是滿心工作的那種人啊……

我想他和我一樣不擅長做家事吧。

不過老爸在母親住院時應該盡其所能努力過了，而母親也承認這一點，我能感受到這樣的氣氛。

話說回來，拜託在我喝咖啡的時候不要聊馬桶。

「我～～回來了～～」

突然間，玄關傳來晄輝的聲音。

看來晄輝也在同一個時候回來老家露面。

「咦？哥也來了喔？」

一走進客廳，晄輝立刻睜大了眼睛。

「是啊。」

「因為老爸完全不聯絡嘛～」

「不好意思……」

「好啦好啦，爸爸也是不想讓你們兩個擔心嘛～還有我也是。」

既然住院的當事人都這樣講了，我也沒辦法多說什麼。

「況且和輝還要照顧奏音……翔子好像給你帶來了不少麻煩，真是對不起……」

「我覺得完全沒關係。」

「對啊對啊。我也去看過狀況，奏音是個好孩子啊。」

這時，晄輝對我使了個眼神，投出別有用意的視線。

這意思大概是想問「和陽葵之間的進展怎麼樣了？」吧……

到頭來，晄輝依舊誤會我和陽葵的關係。

既然這樣，也沒必要導正他的誤會吧。

我取出智慧型手機，對晄輝傳出訊息。
晄輝的智慧型手機立刻發出叮咚聲。
一看手機螢幕，晄輝隨即低呼：「咦！」轉頭凝視我。
「好啦，我出去一下。」
像要逃離晄輝般，我舉起手，離開客廳。
剛才我對晄輝只送出一句「分手了」。

走出外頭，天氣理所當然般炎熱。
不過，我注意到一個月前吵得叫人心煩的熊蟬鳴叫聲，現在已經幾乎聽不見了。
感覺到季節漸漸改變的同時，我朝著某個場所邁開步伐。
我今天回老家，除了來看看媽的狀況，還有另一個理由。
『我覺得就算長大成人，還是可以追尋夢想的後續。』
友梨之前說過的話。
再加上陽葵的存在。
兩人在停止前進的我的背上，為我推了一把。
所以我也覺得自己該有所行動。

為了追尋夢想的後續。

在住宅區中持續走了幾分鐘。

上次行經這條路已經是很久前的事了，但身體還記得前往目的地的路線。

在那邊轉彎之後，筆直向前走——

最後我終於抵達了。

見到那氣派的木造大門的瞬間，懷念之情倏地湧現心頭。

一點也沒變——

和我以前還在這裡時別無二致的情景仍在該處。

那木造的大門上，就如同友梨告訴我的，貼著一張傳單。

「柔道教室招生中」。

上頭寫著活動時間與每週行程，也記載了聯絡方式。

同時注意到寫在邊緣處的小字，讓我精神為之一振。

「指導員招募中」。

我確實無法成為特別的人。

不過至少也努力到取得黑帶——初段。

我憑著努力，至少也抵達了那個階段。

如果日後要活用這份經驗——

因為有一段空窗期，老實說很可怕。

不過，我決定先踏出第一步試試看。

我下定決心，就要按下位於門旁的對講機的瞬間。

『駒村先生，請加油！』

浮現於腦海中的是陽葵呼喚我名字的燦爛笑容。

在便利商店買便當後回家。

今天真是累壞了……

不過這種疲勞感和結束工作時的疲勞感，兩者種類不同。

心靈上非常充足。

雖然我突兀地造訪，但是道場的老師因為我曾是學生而熱烈歡迎我。

老師的頭髮已經明顯發白，但是他還記得我，讓我真的很開心。

我們討論的結果是，從下下星期開始，我每週一天去柔道教室。

沒辦法立刻就開始，是因為我有段空窗期，再加上我的柔道服除了腰帶之外全部都扔掉了，必須重新訂購。

無論如何，全新的生活在下下星期等著我。

按捺著湧現心頭的興奮感，我一隻手拿著智慧型手機，坐在沙發上。

我還有些事情必須收拾不可。

照顧奏音和陽葵的生活結束了——

那就代表了，讓友梨久等至今的告白的回覆，我也必須做出清楚的答覆。

那一天——友梨告訴我聯絡方式之後，我一次也不曾聯絡她。

一直讓她等到現在。

對此我真的覺得很抱歉。

不過我已經決定好了。

歷經許多迷惘。

經過許多煩惱。

最後我終於明白了自己的心意。

智慧型手機的螢幕上顯示著偌大的號碼。

我用顫抖的指尖觸碰通話按鈕。

※　※　※

經過數次季節變化。

在傍晚的天空下——

奏音走出車站便一路奔馳。

毫不在乎旁人的目光，只管使盡力氣飛奔。

臉上洋溢著無法按捺的喜悅。

「我回來了！」

回到公寓後也沒人回應，不過奏音並不在意。

因為她知道母親到了晚上就會回家。

上氣不接下氣的奏音自手提包中取出了某物。

那是她剛剛在書店買的文庫書。

作者名的旁邊記載了插畫家的名字。

在奏音臉上綻放的笑容，比起剛才在書店看到那名字時更加燦爛。

『白虎院陽葵』。

「恭喜妳，陽葵！」

奏音用雙手高舉起那本書，對著不在此處的她獻上由衷的祝福。

※　※　※

1LDK,
and 2JK
MEMORIAL
GALLERY

1LDK,
and 2JK

1LDK,
AND 2JK

1LDK, and 2JK

MEMORIAL GALLERY

1LDK,
and 2JK

1LDK,
and 2JK
MEMORIAL
GALLERY

尾聲　也許會到來的未來 1

雖然不及早上的尖峰時段，下班回家時電車的乘車率也很高。

再加上今天數班前的電車似乎出了些狀況，電車班次有些誤點。

不管月台上或車廂中人都多得誇張，讓人有些不舒服。

被夾在人與人之間的這種感覺，不管體驗幾次都無法習慣。

好不容易抵達家門，時間比平常還晚了一小時。

「我回來了……」

「你回來啦。」

溫柔的說話聲迎接疲憊的我走進家門。

不久後，尚未換下那身商務便裝的友梨面帶笑容，光著腳現身。

「電車好像很擠？」

「是啊，車站月台上擠滿了人……」

我事先已經聯絡友梨今天會晚回家，她對我投出同情的眼神。

我回覆友梨的告白，是在三年前──

在那一天之後，我們正式開始交往。

『那時和輝有多麼努力，有多麼認真，我都知道。』

當年友梨確實注視著我努力鍛鍊柔道的模樣。

察覺了這一點，原本對友梨漸漸轉淡的心情也跟著復活──

交往了一年之後，決定開始同居。

因為友梨現在仍是全職上班族，家事當然也彼此分擔。

不過我不怎麼擅長料理，常常交給她解決。

「正好浴缸的水在剛才放好了，和輝要先洗嗎？」

「嗯～～……」

友梨想必同樣因工作而疲累，我覺得誰先洗都無所謂。

「還是說──兩個人一起洗？」

「啥！」

抬起視線，紅著臉這樣說，簡直是犯規。

「可、可是我們家的浴缸也沒大到能裝得下兩個人，一定會很擠吧！」

「嘻嘻，開玩笑的，泡澡時我也想一個人好好放鬆。還有就是……很、很難為情……」

明明自己會害羞，就不要開這種玩笑嘛……

見到友梨不知所措的模樣，我只覺得很可愛。

不妙啊……剛才回到家而已，忍耐力已經受到嚴重挑戰。

對了，下次連假就去一趟旅行吧。

挑個有個別浴室的旅館應該不錯喔……

就在我險些落入妄想世界時，友梨第二次抬起視線。

「這些事先放一旁……有個好消息要告訴你。」

「好消息？」

「沒錯，就是這個！」

友梨向我遞出了一個稍微大一點的褐色信封。

見到寫在上頭的寄件者姓名，我不由得瞪大雙眼。

「這是──」

友梨默默點頭。

我無法忍耐著急的心情，連忙拆封。

信封裡頭裝著一本文庫書，以及一張信紙。

『駒村先生：我的出道作品終於問世了！書中故事也非常棒，請一定要讀讀看喔！』

信紙上用漂亮的文字如此寫著。

我再度看了書的封面。

在一片無垠的碧藍天空底下，一位女孩獨自佇立於學校的屋頂上。

「這張封面是陽葵畫的啊。」

「是啊……」

陽葵真的抓住夢想了。

我開心到嘴角不由自主往上飄。

陽葵果然很了不起——

在這麼了不起的孩子的逐夢路上能稍微伸出援手，是我的榮幸。

我強忍著泫然欲泣的感覺，好一段時間只是注視著封面。

ENDING．1『友梨』

尾聲　也許會到來的未來 2

在車站前方，許多人一面低頭盯著智慧型手機螢幕，一面等人。

我也是其中之一。

雖然我們約好了今天在我工作結束後「去看電影吧」——

但是約好的時間都已經過了，奏音那傢伙卻遲遲不來……

接到奏音傳來『正在趕路！』的訊息後，已經過了好一段時間。

該不會發生了什麼事吧——一抹不安掠過心頭的瞬間。

「和哥！」

本人終於出現在我眼前。

「抱歉，讓你久等了～～剛好在車站遇見同一所大學的女生，忍不住聊了一下。」

「我有點擔心耶。電影的時間也快到了，快點走吧。」

「知道～～」

奏音說完，自然而然把手伸過來握住我的手。

我的內心頓時小鹿亂撞。

雖然已經體驗過好幾次，但我至今仍不習慣。馬上就湧現「也許會有人看到」的念頭，不由得緊張起來。

「啊，和哥，你又在緊張了。表情很僵硬。」

「這沒辦法啊……」

「我已經不是小孩子了喔，完全是個大人了～」

現在奏音是大學二年級生。

來到在法律上被歸類為成年人的年齡。

確實年齡不再是我躊躇的理由——

「不過終究有年齡差距啊……」

這段時間的差距無論如何都無法縮短。

奏音大概難以接受我這句話，立刻嘟起了嘴。

「我又不是因為年齡才喜歡上你……和哥也一樣吧？」

這句話讓我驚覺。

「所以別人要怎麼想都無所謂啊。」

奏音說得落落大方，看起來遠比我更加堅定可靠。

我真是贏不了奏音這種個性啊……

奏音在過著大學生活的同時，也在便當店打工。

因為今天打工放假，就像這樣一起來看電影。

見到影廳內燈光昏暗，我還以為電影已經開演而焦急，不過目前還在播放日後上映的電影的預告片。

影廳內還有點嘈雜。

能趕上真是太好了。

我們走上階梯，坐在後方偏中央的座位。

現在正在播放的是氛圍憂傷的戀愛電影的預告片。

型男與美女演員演出的種種場面放映在大銀幕上。

「那個喔……」

奏音突然戳了戳我的手臂。

「幹嘛？」

「沒有啦……只是在想……為什麼是我？」

我不由得轉頭看向奏音，但她的視線依舊固定在大銀幕上。

「不是友梨小姐或陽葵，或者是其他人。為什麼是我？」

「……我沒說過嗎？」

「嗯……」

奏音的側臉看起來有些寂寞，讓我覺得有點尷尬。

我原本以為她應該早就明白了。

果然還是有必要清楚說出口啊……

「呃……我覺得，就算見到毫無矯飾的我按照平常那樣生活，妳可能也不會因此幻滅，還是願意陪在我身邊——而我也希望能和妳一直在一起。」

……有夠難為情的。

要不是預告片正以震耳欲聾的音量播放，我在家以外的場所絕對說不出這種話吧。

「是喔……嗯，我很高興……」

無法忍受猛烈的害臊感，我使勁連連搔頭——

突然間，奏音的臉龐出現在我眼前。

柔軟的觸感壓上我的嘴唇。

真的只發生在一瞬之間。

「妳、妳，怎麼在這種地方——」

見我驚慌失措，奏音對我露出得意的笑。

「……呵呵呵，剩下的就等回去再繼續。」

奏音這麼說完的瞬間，影廳的照明完全暗了，電影正片開始了。

不過在這之後，電影的內容完全沒有進入我的腦海。

ENDING·2『奏音』

尾聲　也許會到來的未來　3

結束工作之後，我搭上駛向我家反方向的電車。

我手上除了上班用的公事包外，還有一個小尺寸的背包。因為會礙事，一上車我就擺到行李架上。

今天是每星期一次去柔道教室的日子。因為在平日的晚間七點開始，我一下班就會直接過去。

開始這樣的生活之後，已經過了超過兩年。

在開始之前，我原本以為我不擅長和小孩子相處。

但是實際開始之後，我發現自己還滿喜歡小孩子的。看著小孩子們日漸成長，已經是我每週的樂趣。

哎，會有這種感想的原因，大概出自我們的交流只限於柔道吧。

此外還有另一個樂趣。

我目前在柔道教室的身分是不需要特別資格的「準指導員」，不過我決定要以高一階的

「C級指導員」為目標。

為此我要接受講習，並且通過筆試，也必須繳交報告。

接受講習所需的段位我已經在半年前合格了，剩下的只有接受講習，以及等待筆試。

聽人家說，有正職工作還要抽空寫報告會很累人，不過成為大人之後還能找到如此令人投入的事情，讓我比什麼都高興。

能度過這樣充實的每一天，都是因為有陽葵的存在──

聽說陽葵在返家之後，好不容易終於說服了雙親。

父母親對於離家出走這件事雖然大發雷霆，但是當他們見到陽葵為證明她的決心而做好的種種準備，也不得不改變想法。

我從她本人口中得知，在那之後她從高中畢業，進入了插畫領域的專業學校。

……對了，最近都沒接到陽葵的聯絡啊。

我發現，不知不覺間自己總是等待著陽葵偶爾聯絡我的話語聲。

以前和陽葵一起生活時，在我眼中她只是庇護的對象。

儘管她對我有所表示，當時我毫無意願接受。

不過在那之後已經過了幾年──

現在我每當前往柔道教室，心頭都會浮現陽葵的身影。

會有現在的我，毫無疑問是多虧當初遇見她。

是她改變了我。

如果陽葵再度出現在我面前……

這次我的回答也許會不同於以往。

柔道教室在晚間九點結束，因此到家時已經是晚上十點。

到了這時間，公寓的入口處已經充斥著獨特的靜謐，氣氛有些詭譎。

命令疲憊至極的身體打開信箱，裡頭除了披薩外送的傳單之外，還有個有點厚度的白色信封。

寄件人是——陽葵。

我自己也很清楚心臟頓時猛跳。

這厚度，該不會是——？

我看了一下電梯的燈號，仍停留在最頂樓。

就連等電梯的時間都嫌浪費。

我甚至忘了身體的疲憊，一口氣衝上階梯。

一回到房內，我馬上就打開信封。

裡頭裝著一本文庫書，以及一張信紙。

果然沒錯——！

『駒村先生。我終於能成為插畫家正式出道了！要走到這一步真的很不容易啊……不過，這些話之後再聊。總之我寄了一本書，請務必收下喔！』

啊啊……陽葵終於實現夢想了啊。

太好了，真是太好了。

喜悅自心底湧現。

無法抑制嘴角上揚成笑容的形狀，我繼續往下讀。

『此外還送了其他東西要給你。請別嫌麻煩，儘管收下。』

送了其他東西……？

信封裡頭應該只裝著書和信紙而已。

我又確認一次，信封裡的確沒有其他東西。

難道是她忘記放進去了？

就在我這麼想的時候。

突然間，門鈴響了。

咦…………？

等等，這時間有客人上門也太奇怪了吧？都已經過晚上十點了耶。

該不會是有人喝醉搞錯房間？

我有點怕，沒有出聲回應，探頭看向門上的貓眼。

這瞬間，我因為完全不同的原因而差點尖叫。

我立刻打開門。

因為帶著一大包行李的陽葵就站在門外。

臉龐看起來比起那時候成熟了幾分。

「陽葵！為、為什麼——」

「那個名字是誰啊？」

「咦？」

我不由得發出傻氣的驚呼聲，但這是人之常情吧。

因為站在眼前的人，除了陽葵之外不會是別人。

但是她本人親口這麼說，我當然也會發出怪聲吧。

對著呆愣的我，陽葵低頭行禮後接著說：

「『初次見面』，我叫白虎院櫻花。雖然很突然，我最喜歡你了！」

陽葵——不，櫻花笑著如此表明心意。
她的笑靨就如其名，好似盛開的櫻花。

ENDING．3『陽葵（櫻花）』

後記

大家好，我是福山陽士。
因為我是習慣從後記開始讀的那類人，平常不會在後記提起書中劇情……
但這回我不會有所顧忌喔。
「唔～～！竟然在這種地方戳破劇情，作者太可惡了！」若想避免數秒後遭遇這種未來，請在此轉身離去。
記得去看一下精緻的彩頁插畫喔。
請慢走！
…………………
不想先知道劇情的各位讀者，已經回到前面那邊了嗎？
已經離開這裡了？真的沒問題？
我已經警告過了喔。
「我本來就照順序讀到這裡的啦」的各位讀者，請維持這樣的習慣……

至於「就算先知道劇情也不介意」的各位，我大概沒有本事改變各位的想法，只能夠投降。

「我是聽從警告之後現在回到這裡的喔」的各位。

歡迎回來！

那麼，真的非常感謝各位讀到這裡。

我想光是看到副標題，大家應該都能猜到，這個故事就到此完結了。

這個故事我原本構思的架構是三集完結。

因為我不想拖得太長，原本想清爽俐落地完結……

但值得高興的是，多虧各位的支持，讓我下定決心出到第四集。真的非常謝謝各位。

收尾的手法也許見仁見智。不過我無論如何就是想採取這個形式，就我個人而言能夠達成，心滿意足。

我就是想寫完每個人的結局啊……

起初只有一個結局，採取「其他版本放在網路上」的形式，但心裡就是覺得不大舒服。

因為現在閱讀這篇後記的各位讀者，想必投注了金錢、時間和感情，和我一起追逐這個故事到尾聲了吧？

正因如此，我希望能讓各位讀者在這一本書讀到全部內容。

更重要的是，我的個性雖然不討厭「後續要上網看」，但會覺得「要移動好麻煩……」

我覺得「輕小說」這樣的載體非常寬容，所以應該也能接納這種形式……

順帶一提，我交初稿時還以為會被責任編輯打回票，但稿子就有如忍者般若無其事地悄悄過關了……讓我大吃一驚。

欸，我是說真的。

我想透過這個故事寫的東西其實不少。

比方說，不分性別與年齡，沒有人知道會對自己造成影響的邂逅正躲藏在何處這般理所當然的事情。

比方說，對「家人」而言的「普通」究竟是什麼？

還有，儘管「開端驚天動地」，但「最終歸於平靜」的例子應該占壓倒性多數吧。

我想這些事也不需要講得太明白，只要各位讀者能有某些感受，我就很滿足了。

雖然故事本身告一段落了，但只要他們還活著，那個世界就會持續下去，並非隨著故事而結束。

所以各位讀者若能自由想像書中各角色的未來，我個人也十分開心。

那麼，寫到這裡也該作結了，在此獻上謝詞。

首先是寫信給我的各位讀者，真的很謝謝大家。

在這個數位化的時代特地提筆寫信給我，我真的非常高興。

收到的信，我全部都珍藏起來了。

（用淺藍色信封寫信過來的愛知縣的讀者！因為沒有署名，無法給您回禮。若覺得那人可能就是自己，詳情請見部落格……！）

責任編輯，在各方面——真的非常謝謝您（瞇起眼睛凝視著夕陽）。

我這個人完全沒有為標題取名的品味，總是擺出一副呆滯的表情讚嘆不已。真的非常感謝您。

シソ老師，就如字面所說的，是您為角色們注入了生命，真的非常感謝您。

在我腦內，她們的身影已經會自作主張行動了。這些插畫就是這麼栩栩如生。

各位讀者，再次感謝大家陪伴這篇故事走到這裡。

雖然在前面也提過一次，能夠持續到這裡完全是多虧各位的支持。

真的、真的非常感謝。

那麼，希望將來能在其他故事與各位重逢——

福山陽士

【好消息】我的不起眼未婚妻在家有夠可愛。1 待續

Kadokawa Fantastic Novels

作者：氷高悠　插畫：たん旦

樸素的同班同學成了我的未婚妻？
她在家裡真正的面貌只有我知道。

佐方遊一就讀高二，只對二次元有興趣。某天，不起眼的同班同學綿苗結花成了他的未婚妻？兩人開始一起生活，沒想到他們有一樣的興趣，一拍即合。「一起洗澡吧？」「我可是有心理準備要一起睡喔。」而且結花漸漸大膽到在學校無法想像的地步？

NTNT200/HK$67

男女之間存在純友情嗎？
不，不存在！
七菜なな
插畫／Parum
Flag 1.
不然到三十歲還單身就跟我在一起吧？
Kadokawa Fantastic Novels

男女之間存在純友情嗎？（不，不存在！） 1 待續

Kadokawa Fantastic Novels

作者：七菜なな　插畫：Parum

討論度破表！
摯友以上，戀人未滿的青春戀愛喜劇！

至今還沒談過初戀的High咖女子犬塚日葵，以及熱愛花卉的植物男子夏目悠宇，就算升上高二，還是一樣在只有兩人的園藝社中當著摯友。然而，悠宇跟初戀對象重逢，使得兩人間的關係開始失控？究竟「懂得戀慕之心」的日葵，能否擺脫「理想摯友」身分？

NT$240/HK$80

國家圖書館出版品預行編目資料

一房兩廳三人行．4，三個結局,即為四人的未來/
福山陽士作；陳士晉譯. -- 初版. -- 臺北市：臺
灣角川股份有限公司, 2022.03
　面；　公分. -- (Kadokawa fantastic novels)
譯自：1LDK、そして2JK。．4，3つの結末、そ
れは4人の未来～
ISBN 978-626-321-275-6(平裝)

861.59　　　111000480

Kadokawa
Fantastic
Novels

一房兩廳三人行 4（完）

～三個結局，即為四人的未來～

（原著名：1LDK、そして2JK。4～3つの結末、それは4人の未来～）

2022年3月21日　初版第1刷發行

作　者：福山陽士
插　畫：シソ
譯　者：陳士晉

發行人：岩崎剛人
總編輯：蔡佩芬
編　輯：孫千棻
美術設計：宋芳茹
印　務：李明修（主任）、張加恩（主任）、張凱棋

發行所：台灣角川股份有限公司
地　址：104台北市中山區松江路223號3樓
電　話：（02）2515-3000
傳　真：（02）2515-0033
網　址：www.kadokawa.com.tw
劃撥帳戶：台灣角川股份有限公司
劃撥帳號：19487412
法律顧問：有澤法律事務所
製　版：尚騰印刷事業有限公司
ISBN：978-626-321-275-6